| 台語詼諧小說 |

si-ông　lōng-liú-lian
詩王浪溜嗹

王羅蜜多 / 著

目錄

007　【開場有影】放火燒天
009　【出場有聲】十支喙九隻貓一个浪溜嗹
012　【贊聲的話】無定著的 Bōto，彎來斡去的
　　　　　　　　文學路／顧謙

017　**真假仙・浪溜嗹**
018　落大雨彼一日
022　冇古
023　風景話
024　啥物星
025　彼粒星

027　**跳舞第一**
028　蠓仔 Cha-Cha
030　客爸仔

033　大獎

036　遺作畫家

038　送一蕊心花

042　必卜王

045　一齣布袋戲

049　賊頭賊尾

053　軍歌教官

057　抗議家

060　美國咒

062　旗啊・旗啊・旗

063　**皇宮第二**

064　皇帝命

066　紅蝦

068　放炮猴

071　上好空的助理

076　五四運動

080　不黨

082　bì-lù 仔

083　畏寒

084　開運

086　手氣啦手氣・食薰等手氣

087　**母語第三**

088　學台語

090　台語補習班

092　中毒

094　加減話

097　免審查

099　奶仔球

101　鳥屎膏

103　扁腔餃

106　飛出去啦飛出去

107　**詩王第四**

108　詩魚

110　現代詩甕

111　詩的滋味

113　有寫・無寫

114　橋佮水講話

116　詩花

117　夢露詩詩叫

118　文學獎

120　飛過文學地景

122　詩人石

125　功夫詩

127　新詩共和國

130　撇車

133　文抄帝君

135　仝教無仝教

138　詩王科目三

141　穡詩清潔隊

144　Yoga 呢 Yoga

145　**阿空第五**

146　神指（tsáinn）

149　龜神

151　風水師

155　紅雞胜

157　開破詩王

159　阿空師父

164　蜘蛛夢

167　空外空

169　牽詩補天

172　原在是草仔青青

173　【煞戲順行】siáng 是浪溜嗹

【開場有影】
放火燒天

半世人袂順的浪溜嗹
恨天怨地，指天揆地
擋袂牢就放一把火
燒天

代先是火燒雲
閣來火燒星，火燒月
煞尾日頭也變火烌
烏天暗地

浪溜嗹徛騰騰頓胸崁
這聲爽死啦，無人
我是皇帝，無天
我是上帝，無地

我是閻羅王

浪溜嗹大喝三聲
昏死佇無明的無無明
碎做三千六百萬萬塊
魂魄無底揣

天光矣,一年三百六十五工
日頭公照常佇雲頂的膨椅麗

【出場有聲】
十支喙九隻貓一个浪溜嗹

　　浪溜嗹出場，定著是用上海花的姿勢。

　　伊佇漉糊糜仔頂面那跙（tshu）那跳科目三，跋倒閣 peh 起來，換跳蠔仔 cha-cha。而且，伊會蹛舞台唱山歌，學萬沙浪的姿勢唱「風對佗位來」。

　　浪溜嗹，通常用來供體浪蕩幌四界趖的人。毋過，這個浪溜嗹定定誠正經共人解說，浪是伊的姓，緣由是非常佮意萬沙浪的歌佮人。溜是名的中字，因為自細漢足愛佇滑溜溜的塗跤跙來跙去，伊講彼比跙流籠加誠趣味。為著按呢，轉去厝內四常食竹仔枝。

　　講著嗹，學問就嶄然仔大矣！「嗹」字本意，厚話啼袂煞。毋過伊參人無全，若一大群人意見足濟，敢若功夫攏誠厲害，浪溜嗹就共喙車起來，連

嗯一聲都無。伊直直聽候逐家有話講甲無話，恬恬無半聲的時陣，就換伊大練特練，練憨話、練痟話、腫頷笑破腹肚皮毋免賠。

所致，佇蘭城公園的流浪漢、行棋阿伯、跳舞歐巴桑中間，流行一句話：「十支喙九隻貓一个浪溜嗹。」這句比十喙九尻川較雅氣，也較有意義。聽講這句嘛是浪溜嗹家己發明的。

浪溜嗹長期蹛佇蘭城市的中山公園、附近的地下道、公車棚，一寡流浪漢攏誠佮意伊，因為伊看起來仙風道骨，講話腫頷詼諧，詳細想看覓，閣會感覺誠有道理。尤其是，伊講文學論藝術兼逐時會吐詩，浮浪貢有這種學問，予人聽甲會吐舌。佇公園出出入入的，攏講浪溜嗹是無全款的人，看起來至少有濟公活佛的級數。這種風聲迥京城，也傳到官方的耳空。浪溜嗹有一工若別世，拍算會列入蘭城歷史名人。

浪溜嗹上無愛人提起的是身世。問伊是佗位的人？頭殼就幹對邊仔去，開始五四三，只好莫問。毋過細漢的家庭事會小可透露一點仔，彼是伊永遠

的痛，是心靈底蒂抹抶掉的傷痕。

　　總而言之，這个博吉、巧骨閣有文質的浪溜嗹，誠是足歹來定義。不如順下面的劇情看落去，進一步了解伊，凡勢會體悟著另外一層次的意義。

【贊聲的話】
無定著的 Bōto，彎來斡去的文學路

/顧謙

　　熟似王羅蜜多，是因為伊的筆名。上起先，看著面冊的「蜜多王羅」，頭敨敨毋知這是啥物，無偌久讀著詩刊的一首無意象詩，徛名「王羅蜜多」，頷頸才掠予正。毋過有一回參加文學座談，煞看著伊的名牌寫「王波羅蜜」，予我驚一趒。我踏倚去細聲問緣故，伊講，這是無定形的名字，正行王羅蜜多，倒轉多蜜羅王，按怎唸都無代誌。

　　我心內想，就是這款性素的作家，才會寫出這lō詼諧腫頷的文字。不而過，根據訪談，伊講並毋是自開始就按呢生，而且，話若欲講透機，頭前溪的水就流袂離。

　　原來，伊是戰後彼一、二十冬出世的囡仔。斯

當時生活足歹過，欠食食（tsia'h-si't）無娛樂，無代誌就走溪埔掠鰗鰡，逐大桄仙（招潮蟹），舞甲規身軀漉糊糜仔，轉去到厝，阿母雖罔毋甘摃囝，洗衫洗甲會齷齪（ak-tsak），就大聲詈（lé），夭壽死囡仔，頭前溪無崁蓋啦！不而過，這款話足罕得，大部份攏是疼惜的言語，尤其是對學校轉來，阿母就問講考試幾分，老師有疼你無，閣紲落食暗，就講食這食彼較有營養，而且較臨十句台語就插一句日語。

　　講著國民學校，彼間海邊的庄跤學校，予伊印象上深的是，老師國語講袂輾轉，而且足愛講台語，拄著仔插一句日語。狡怪的，老師會罵歹囡仔厚讕頭，唱歌傷好聽，煞嫌疑偷食薰，才會變鴨形仔聲。

　　所致，伊從少年就足愛講台語，而且無禁無忌。伊講退伍佇南部食頭路，老的少年的，賣魚賣肉做穡的全台語，三教九流攏台語，予伊的台語詞愈豐沛。落尾，開會時陣，伊共會議資料一字一字唸台語，逐个聽甲會吐舌。

蜜多兄共我講遮濟，是欲說明伊的台語生活順利無礙，非常好運，這也致使伊開始投入台語文學創作就左捽正寫，各種文類、題材寫袂離。

　　窮實蜜多的寫作足晏（uànn）才起步。伊四十歲興做甓（huî）（陶藝），做甲予塗黏咧。五十歲愛畫圖，對寫實變超現實、抽象、自動性技法逐項來，四常舞甲規頭規面，一直甲六十才開始文學創作，起頭是華語詩，六十五無張持沐著台語文創作，這聲有額矣，閣親像活魚跳落深水，品無回頭直直洄直直去。

　　這就是母語的吸引力，一下現身予你仙擋擋袂牢。蜜多兄的台語寫作，七、八冬來，經常是佇咖啡廳、飲料店，共沿路看著、聽著、想著的，附相片寫落手機仔，發表佇面冊。伊講彼是上鮮沢的現流仔，因為多數是台語詩，阮就稱呼伊「現流仔詩人」。

　　不過這兩冬來，發現伊變款矣！伊已經決意共寫作的重心徙來小說。伊講，小說才會當予伊的母語全力發揮，共三教九流乞食羅漢的語言，無罣無

礙用上綴拍的方式，親像水沖瀉出來。

　　有人講，上四就袂攝，你食老才寫小說，會當寫偌濟？蜜多兄卻是無煩惱。伊講，我上七猶會攝，而且精氣飽滇，一瀉千里，成做水池流出大海，我是一隻 Bōto，直直駛直直去，彼是一个無的確的盡尾。伊講的閣親像腫頷，毋過誠是有士氣。

　　《詩王浪溜嗹》，佇伊十外本的著作內底算是誠特殊。首先，伊寫的是一个無身世的人物，有無定形的性素，掮無摮的出頭，不時予人驚一趒的演出。

　　照蜜多兄起先的想像，這个浪溜嗹是毋是會接近魯迅所寫的「阿 Q」？毋過寫無幾篇就感覺無全矣！因為阿 Q 彼種龜龜鼈鼈，閣足愛瞪丹田的個性完全無法度參浪先生比較。

　　這个故事中的浪溜嗹雖罔浪蕩幌，毋過伊有學習上進的心，有人生的美夢。伊的人格是高尚的，伊嘛有正義感。

　　對這款形的人物，蜜多兄寫作的策略，是運用

詼諧的手路,寫出浪溜嗹好笑閣令人同情,也予人尊敬的人生。

遮的故事文字,蜜多兄借用我的名字設立面冊,佇兩年中間,逐篇附圖畫發表。遮的作品也是現流仔,遮的現流仔毋是細尾魚,而且有腫腫的領頸。伊共這个面冊的好友限佇一百个以內,連伊家己都無。聽講,伊遮的腫領文,按贊的通常無超過三十個,不而過會有十個哈哈大笑,看起來是女性較濟。

另外,蜜多兄這擺的冊有參 in 細漢查某囝合作,予伊選三篇製造有聲圖畫冊,向望會當增加趣味性,予較濟人做伙入來詼諧有力的台語文學內底。

總講一句,蜜多兄這本《詩王浪溜嗹》是有深刻內容兼有趣味的冊,若講佇「現流仔詩人」之後,閣稱呼伊是「腫領大師」,我想嘛無過份,逐家若有認同,噗仔聲共催落去!

【起鼓】

真假仙・浪溜嗹

落大雨彼一日

　　中晝天頂猶閣光顯顯,親像白宣紙,過晝仔煞潑著烏墨直直渷。

　　浪溜嗹沿路行沿路唱,落大雨彼一日,唱甲過路人越頭看,唱甲樹葉直直顫,唱甲天公伯仔目屎涔涔津。

　　「彼早起啊落雨落甲彼下晡……」伊翻頭閣唱這句,雄雄大雨沖落來,緊走入去亭仔跤,全時陣,查甫查某、囡仔老人十外个,攏挾(kheh)做伙睨雨。

　　「彼早起啊落雨落甲彼黃昏……」雨繼續落浪溜嗹繼續唱。

　　「彼早起啊落雨落甲彼半暝……」

　　「莫閣唱矣啦!」「予你唱甲落袂煞啦!」睨雨的人開始抗議,一个歐巴桑踢浪溜嗹的跤,叫伊恬去。

「好啦，我莫唱矣！」浪溜嗹伸手掰雨水拭目屎。

「請逐家聽我講一段悲慘的過去，話若講透枝，保證恁目屎拭袂離啊……」

雨愈落愈大，浪溜嗹愈講愈大聲。

「落大雨彼一暝，一台寶獅的轎仔開來阮兜門口，想袂到阮阿母已經包袱仔款好勢，綴人走矣。」

「阮阿爸佇厝後聽著聲傱出來，袂赴通擋，要緊騎羚羊機車逐出去。」

「彼暝雨誠是落足大，阿爸無穿雨幔。」

「紲落，拄五歲的我，也駛夜婆車（囡仔車）綴阿爸後面逐，也是無雨幔。」

逐家聽甲心情開始沈重起來，有人已經提手巾仔準備拭目屎。

「夜婆車駛兩百公尺就無電矣，我規身軀澹糊糊跔（ku）踮路邊哭。」

「落尾過路車有人看可憐，共我佮夜婆車載轉去厝。」

「毋過，落大雨彼一暝，毋但阿母走出去，阿爸也無轉來。伊出車禍死去矣！」

覕雨的人，有幾若个開始哭矣。

「從此以後，我就去予阿媽照顧。想袂到過三冬，阿媽煞著癌症，無偌久也過身去。」

「落尾予人送去孤兒院，我是孤兒院大漢的……」

落大雨彼一暝，浪溜嗹透露伊的身世，逐家真正目屎掰袂離，雨停矣猶毋走，想欲繼續聽落去。

「講故事的啦，到遮為止。」想袂到浪溜嗹共目屎拭焦，做伊先走，閣沿路唱「落大雨彼一暝……」

覕雨的人煞斡頭相相，毋知伊的故事是真抑是假。

落大雨彼一日

冇古

　　浪溜嗹予人看無現,走去山洞修練。七七四十九工,頭殼神神,身軀層層銑(sian)。

　　伊坐盤的雙跤虯虯(khiû-khiû),攤開雙手擗擗叫,終於浮上半空中,親像海蛇仔,出入雲霧。

　　一群人字的雁鳥飛過來,海蛇仔迎風舞弄,仙樂飄浪,吟唱:浪溜嗹,快樂像神仙。浪溜嗹,飛上天頂做神仙。

　　規群雁鳥聽甲神神毋知通飛,煞人字倒頭栽,全部落落山洞口。

　　浪溜嗹誠輕lián,一隻一隻扶起來烘鳥仔巴。攏無用(lut)毛。

風景話

莫腫頷,攏無創啥貨,會種匏仔生菜瓜?

來看浪溜嗹,逐時烏白漩。

伊漩菓園,天靈靈地靈靈,種蘋果生柳橙。

伊漩花園,天清清地濁濁,種烏玫瑰生紅龍果。

伊漩公園,日頭赤焱焱,湖水恬靜無湧,種烏檀發鳥屎榕。

浪溜嗹,恨天怨地,繼續漩落去,漩甲天地必裂,上帝對天庭直透落到底,共閻王的位佔去坐。

啥物星

便若 gâu 人，足愛品伊是佗一粒星出世的。

浪溜嗹準講予人看做毋成人，嘛猶是元神在在。伊想欲知影家己的前世是啥物星。

浪溜嗹倒佇大湧頂頭，浪游天下，伊離水三尺，頭殼頂有三寸煙。

糞埽星？狗屎星？乞食星？沿路的相命仙，一个一說，糊瘰瘰，攏講袂清楚。

有一工，伊來到蓬萊仙島的阿公店溪出海口。一堆水筆仔麗佇水面寫佛仔字。浪溜嗹泅倚去。

虼蚤座蝨母星。一支水筆仔誠肯定寫出這六字，隨走去插佇毛蟹仔空，聽候出世。

一時天星攏集倚來，佇空中飛颺舞弄，摔過來跳過去，親像放煙火。

浪溜嗹雄雄想著聖誕節欲到矣！煞規身軀 khiat-khiat-jiàu。

彼粒星

聖誕節欲到矣
一 mi 樹葉仔輕輕落落來
好禮仔共塗跤的草仔講
緊 peh 起去,面頂有
較早阿母指予你看的
彼粒星

跳舞第一

蠔仔，蠔仔，Cha- Cha- Cha

蠓仔 Cha-Cha

浪溜嗹想欲學跳舞。

伊聽講公園大樹跤有一篷人跳規暝日,交一百箍爾爾。

下晡拄咧跳 Cha-Cha,浪溜嗹半中欄插入來,牽一个半 lo 佬 ê,左 Cha-Cha,正 Cha-Cha,直直犁落去。

無疑悟跳無一分鐘,半 lo 佬 ê 鞋仔予踏落去,目鏡予拤(khê)斷去,紲落,奶帕仔予撞一下焐開。

樹跤的查埔查某一觸久仔走甲無半个。毋過浪溜嗹已經跳甲跤浮浮,出神入化,頂 Cha-Cha,下 Cha-Cha,天地四方攏 Cha-Cha,有時七星步,有時鯊魚劍,有時神轎挕來挕去。

半暝一个阿啄仔行過,看甲神神毋知走,閣兼錄影。伊是米國有名的藝術策展人。浪溜嗹歇喘的

時陣，伊踏倚來問這是啥舞步。

浪溜嗹予蠓叮規身軀，順喙就應，蠓仔 Cha-Cha 啦！

策展人慧眼識英雄，隨答應欲安排伊去紐約表演行動藝術。浪溜嗹驚一下頓落坱跤坐，紲落大聲吼。規公園的蠓仔也綴伊吼。

蠓仔 Cha-Cha 的奇遇，終其尾當選蓬萊仙島今年度十大新聞頭一名。

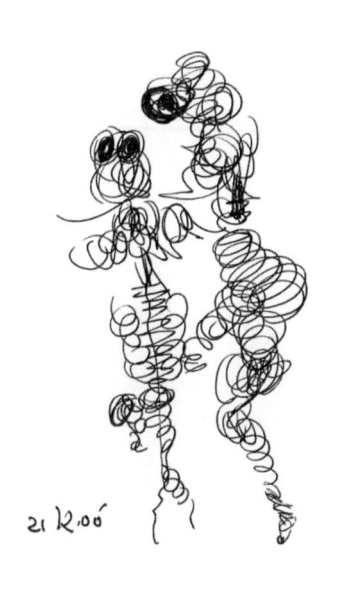

客爸仔

　　四常睏外面的浪溜嗹,自稱透早敕甘露,暗時啉月光,靈氣滿身,會當了解一寡虫豸的話語。

　　早起拄好一群愛護生態人士,來公園四界踏查。in 相金龜、揣樹蟬仔、翕草猴、逐尾蝶仔⋯紀錄做袂離。

　　「虫豸誠古錐,毋過性命誠短,而且一下無細膩,就予鳥仔捅去。咱疼惜大自然,必須要愛護 in。」tshuā 隊的老師講。

　　「欲按怎愛護?」

　　「就是莫捕掠,莫干擾。」

　　「按呢傷消極啦,我講一件予恁參考。」浪溜嗹坐佇樹仔跤出聲。

　　逐家誠好奇就停跤暫且聽伊講。

　　「有一工啊,我啉足濟燒酒來歇公園,毋過恐驚蠓仔欶著我的血會酒精中毒,刁工去彼間洗甲足

清氣，貼特優標誌的便所睏，內底無半隻蠓。按呢有疼惜虫豸無？」

　　誠是有疼心，比修道人較慈悲，聽眾開始感動矣。

　　「想袂到半暝有一隻蠓飛入來，嗡嗡叫。」

　　「我睏甲當落眠喙開開，毋過彷彿有聽著蠓仔小姐講：我愛你！聲音輕輕歹勢歹勢。」

　　「啊，我聽一下喙愈大開。紲落，伊雄雄抑倚來，用鬥射針的喙脣對準我的喙脣唚落去。」

　　「俺娘喂！」浪溜嗹挲一下喙脣，「斟酌聽，毋是我咧哀，是蠓仔小姐。窮實伊相無準，唚著喙齒。」

　　天啊，幾若個查某囡仔聽甲哀出聲。

　　「可憐代，伊的射針斷一節去。這聲無法度食物件，會飫死啦。」

　　「伊佇我面前唱哀歌，有日語有華語，也有台語歌。其中台語的上哀悲。」

　　「我聽甲目屎輾落來，人也精神。我共講，蠓仔小姐，算是我害妳的，按呢啦，我按算收留妳，

客爸仔　031

負責包飼妳。」

「隔轉工開始,蠔仔小姐見若喝飫,我就用針佇手肚刺一下,流血珠一滴,蠔仔小姐拄食一頓。」

「按呢食無幾頓,伊就講有身,欲去生囝矣,我的責任也完成矣。」

「想袂到過十外工了後,蠔仔小姐一睏仔 tshuā 兩百个囡仔來揣我,做伙叫阿爸,聲音整齊像霆雷。我感動甲哭出來。」

「毋是阿爸,是客爸仔。我算是養爸。」浪溜嗹拭目屎繼續講:「我共兩百個養子講人間的道理,愛合和才會生存傳湠,無貪嗔痴才會歡喜。in 聽煞就攏褫翅飛出去,隨個仔去追求伊的人生矣。」

眾人聽甲楞楞,有人流目屎,有人合掌直直拜:「大慈大悲觀世音菩薩。」

大獎

佇海埔、山跤、路邊,浪溜嗹逐時看著一寡飲料杯、銅管仔罐、塑膠矸、便當篋仔硞硞輾,有一擺一台謄脬煎卵(Lamborghini)的進口車雄雄開窗,一個捏扁扁的 Cola 罐擎(khian)出來,險險就擎著浪溜嗹的面。

佇後現代高水準的社會,窮實有一寡無水準的人製造無水準的作品。

有一工,浪溜嗹佇海埔看著一領破網纏踮大水柴頂頭,就共敨(tháu)起來被身軀。

伊順海埔、山跤、大路直直巡,若有矸仔、篋仔、罐仔、杯仔……攏抾起來,綁踮網仔頂。

按呢行幾若公里,規身軀綁甲滇滇滇,賰兩蕊目睭眨眨 nih。

伊經過一个高水準的展覽場,拄咧展示雕塑、裝置藝術、多媒材作品,感覺趣味,就行倚去看。

伊徛佇一件用大水柴相佮，頂頭有青綠綠樹穎的生態藝術作品頭前，看甲神神無振動。

無偌久，一群評審委員來矣。原來這是今年度的「世紀風華展」，愛評出名次頒發獎金獎牌。

評審規陣嗤舞嗤呲踅來踅去，雄雄攑頭看著浪溜嗹。

「哎啊，高水準的作品！誠讚誠讚！」行頭前彼个留美的藝術學院院長提頭呵咾。

其他幾位評審也抑倚來斟酌看，看甲浪溜嗹目睭毋敢 nih。

「厲害！厲害！這是有教育意義，閣有靈魂的作品啊！」

「有深沈的心理學的意涵。」

「這是現代藝術結合生活現實，上優秀的作品。」

評審團一个一句呵咾甲會觸舌。

in 最後決定這件是頭一名，就共獎牌掛佇作品頂頭，也就是浪溜嗹胸前。

浪溜嗹定定徛甲跤酸，目睭也酸，看評審離

開，也要緊溜旋。

　　伊誠緊就來到資源回收場，規身軀的回收物賣百七箍。頭家閣講，彼塊獎牌頂面的銅片拆起來，會當賣三十箍。

「獎牌袂使賣，欲用來做紀念兼討獎金。」

　　百七箍，會當買兩个便當矣。浪溜嗹共魚網仔抾起來，獎牌掛胸崁，踏著輕鬆的跤步，沿路呼噓仔巡倒轉去。

遺作畫家

　　van Gogh（梵谷）一幅圖拍賣幾若十億，規世界喊起來矣！

　　伊在生無人欲插，當做無路用跤數（siàu），死了飛龍在天，金光沖沖滾。

　　「死了才會出名！」

　　逐家攏按呢講，浪溜嗹也愈想愈有影。伊自細漢足 gâu 画尪仔，兒童画圖比賽捷捷著等，若一幅圖會當賣遐濟錢，食穿免煩惱矣。

　　浪溜嗹想足久，心內開始有所拍算。

　　伊借錢去買一堆画布佮原料，開始起痟製造。用頭毛畫、尻川頓印，用水桶潑、掃帚拖，用 hiù 用淋用擛閣兼呸喙瀾，三個月爾爾，總共創作三百件。

　　無偌久浪溜嗹失蹤矣。閣無偌久，有臨時工仔佇路口發訃音：

「鄉土畫家萬金浪，神明降旨無師自通，是國內重要的多元化、多技法，有智慧有靈性的畫家。

無疑悟鬼才無知音，四十偌歲爾爾，就吞油彩配松節油自殺，非常可惜。

大師的遺作三百件，已經是珍貴的國寶。」

這種訃音發幾若萬張，畫作交予代理人，聽講畫家家已知影死了無錢落葬，是佇船頂吞油彩自盡，紲落跳落水底飼魚，所致規窟魚攏變五彩的。

想袂到，一代大師萬金浪的故事並無傳湠落去，伊的圖疊（thia'p）規倉庫飼鳥鼠無人鼻，致使五彩的鳥鼠屎放規水溝。

五彩鳥鼠屎新聞報幾若工，毋過攏無講著畫作的代誌。

浪溜嗹佇土地公廟蹛半冬矣，薰甲面烏趖趖，家己照鏡，按怎照都無成 van Gogh。

「煞煞去啦！」土地公歹 tshing-tshing，「你畫彼種尻川圖，閣死一百擺嘛袂出名。」

「即時搬出去，記咧，你欠我厝稅六萬箍。」

送一蕊心花

　　隨時代演變，需要慶祝的節日愈來愈濟。情人節、婦女節、母親節、結婚紀念、生日……逐項都參婦女有關係。事實上，查某人也比查甫人較重視節日。

　　所致節日若到，開五百送一束花，開三千食一頓是四常有的代誌，若閣招去百貨公司買婿衫，就愛開較大條。不而過，按怎做攏是生理人趁去，所以節日欲到進前，百貨公司、各種商品廣告的出頭不止仔濟。

　　浪溜嗹坐佇公園，看散步的男女一對一對行過，有老有少年，有牽手有前後，多數恬恬無講話。

　　最近翕熱，做粗工艱苦，投文學獎閣摃龜，浪溜嗹開始動腦筋。伊印一疊宣傳單佇路邊分，專門向準六十外歲的歐吉桑。

「這位大哥，參考看覓。」浪溜嗹笑微微抾（tu）宣傳單。

「情人節到矣，愛用上省的金錢送上好的禮物。」

「約定時間，明仔載 tshuā 太太來公園蓮花池邊散步，我就送恁特殊的好禮物。」

「對禮物有滿意的付五百，無滿意的免錢。」

伊推銷二十个，干焦三个六十歲左右紳士款的歐吉桑答應欲來看覓。預定一个早起、一个中晝、一个下晡。

隔轉工早起九點浪溜嗹就佇公園蓮花池邊聽候矣，雙手空空無提啥物。

無偌久約好的歐吉桑遠遠行來矣，伊掛烏貓目鏡，穿粉紅色 T 恤。行佇邊仔的歐巴桑頭毛綁饅頭，穿藍色套裝，看起來較老氣。

浪溜嗹頭殼犁犁行倚去，雄雄攑頭共歐吉桑拍招呼：

「哎喲，這位大哥。」

「我佇公園行踏遮久，看過足濟散步的人，你

送一蕊心花　039

是行路上直精神上好的老歲仔。」

「你拍算七十外矣？毋過誠猛掠，尤其……」浪溜嗹換落低音，倚近歐吉桑耳邊講。

「你有夠 gâu，tshuā 這個『小三』氣質好閣少年……」

「有夠 gâu，有啥物撇步傳教一下啦。」

「無啦無啦，毋是啦……」歐吉桑搖手表示毋捌伊，參 in 某手牽咧行過，兩个人本底無表情，這馬笑微微。

紲落中晝、下晡，攏仝按呢表演一擺。

三工後，三个六十外的歐吉桑攏來付款，頭兩个各付兩千，第三个歡頭喜面，付五千。

「有夠好的禮物。」這个白鬢邊掛金絲目鏡的紳士講：「阮太太喙笑目笑，逐工照鏡掰頭毛，歡喜三暝日猶袂煞……」

「尤其是，阮的房事變甲誠順利。」

歐吉桑付錢了，閣共浪溜嗹行一下禮才離開。

誠是功德無量。浪溜嗹這陣橐袋仔飽飽，會當閣去啉兩杯矣。

送一蕊心花

必片王

　　這馬少年人發明足濟流行語，其中有一句「劈腿（phik 腿）」蓋趣味。

　　劈腿，佇古早較成跤踏兩隻船的講法，毋過這馬干焦踏兩隻已經袂赴時代矣。

　　浪溜嗹學做詩詞，嘛肖想共伊寫入去，所以用誠濟時間四界看四界問。伊的田野調查，有山有海有田有花園有旅舍有眠床，閣有便所佮地下道，所致嶄然仔十全周至。

　　有一工伊就佇公園樹仔跤，共一群人開示，遐人包括少年的老的台灣的菲律賓泰國印尼的，算是國際性的。

　　「劈腿，台語叫破腿。」浪溜嗹開宗明義共 in 開破。

　　「聽起來親像破柴，不過這種破，是破而不破。」

「破腿本底是體操佮舞蹈動作，運用佇男女關係，想像就無限曠濶。」

「破腿有全破半破、倒破正破、直破橫破⋯⋯非常濟種。」

「古早人較保守，半破就歹勢甲，全破雙跤伸雙爿，誠是予人講甲袂聽得。」

「21世紀，連外星人攏來來去去矣，破法當然會世界化、宇宙化。」

「這馬有人破甲踏四隻船、十隻船、一百隻船⋯⋯反正若有才調就據在伊破。」

「聽講踏上濟船的，查甫就號做海王，查某叫海后。」

「不而過，海王因為破腿傷嚴重，弓甲尻川必爿矣，所致接王位的時陣，王座破做幾若條才有法度坐。」

「伊登基叫做必爿王，統治必爿國。」

「拄才你也講著海后，敢也叫做必爿后？」一个查某囡仔頭敧敧。

「好問題。準講海后破腿參海王全款濟，毋

必爿王 043

過伊水蛇腰,跤手像柔魚,伊的破腿軟獣獣（nńg-sim-sim）,幼麵麵,十跤百跤齊交纏,毋但袂必刐,閣兼圓輾輾。」

浪溜嗹說法,有人頭殼直直頕,有人心頭亂紛紛,不過攏共拍噗仔喝好,尤其幾个仔大學生,認為比教授較 gâu 講。

「腫頜大師。」這馬浪溜嗹閣加一个外號矣。

一齣布袋戲

　　行過小巷仔，一欉葉仔花佇圍牆頂開甲紅帕帕光顯顯，浪溜嗹停跤看甲目晭無 nih，閣倚去摸看覓。

　　牆仔邊有一个烏色鐵門，閘欄疏疏仔，內底有一隻䝙跤狗恬恬看外口，伊的面一爿烏一爿白，表情鎮靜。

　　浪溜嗹摸葉仔花，頭敧敧誠享受的款。雄雄狗喙管對閘欄的闊縫 long 出來，無講無呾，向準浪溜嗹的腿庫 mauh 落去。

　　「俺娘喂！」浪溜嗹慘叫一聲跳起來，竟然離地三尺。

　　伊向（ànn）頭看覓，狗齒迵過外褲，血珠仔浛浛滴，要緊抑電鈴。

　　「欲創啥呢？」一个梢梢的老人聲，落低音，無啥情願的款。

「你的狗咬著我的大腿啦！」

「咬著？哈哈哈，狗咬歹人，哈哈哈！」

「笑啥潲，你飼的狗呢，毋免負責醫藥費乎？毋免精神賠償勒？」

「哈哈哈哈，人咬人賠，狗咬狗賠，無你煞袂曉共咬倒轉去，哈哈哈！」紲落掛掉無聲。

浪溜嗹去看醫生，聽講是徛家狗毋是野狗，講免注破傷風射，就共糊藥仔，閣開藥膏、止痛藥、抗生素，攏總開五百。

浪溜嗹回頭閣來抑電鈴，無人應矣。愈想愈毋甘願，欲去告訴求賠償？我這種浪遊的個性講著走法院，煩就煩死啦。伊想甲規暝無睏。

隔轉工拄天光，浪溜嗹就趕去早市買一百箍豬肉。紲落走去巷仔內揣彼隻狗。

「來，烏白郎君，遮有好料的。」浪溜嗹行倚牆仔邊，共豬肉提懸懸，閣搖振動。

躼跤狗雖罔躼跤，徛直躘懸猶閣差十公分，毋甘願，就直直跳直直跳⋯⋯

1，2，3，4⋯⋯浪溜嗹算甲一百下，躼跤狗怦

怦喘，停落來歇睏，閣看頂頭看甲目瞤轉輪，喙瀾活活津。

浪溜嗹也手酸，放落來歇一分鐘。

1，2，3，4……閣開始矣，猶是一百下。睚跤狗後跤屈落去矣。

就按呢，一百下歇一擺。第三百下，睚跤狗前跤也屈落去，第四百下，四跤攏伸直直，倚袂啥起來矣，到甲第五百下，煞倒坦敧身，干焦吐舌，無喙瀾矣。

「好矣，一下一箍，你算還我五百箍矣。」

浪溜嗹越頭離開，想著閣倒轉來。

「我是史艷文啦，上慈悲的史艷文。」

浪溜嗹共肉提出來，閣哄睚跤狗跳一百下，一个一箍算了，就將肉擲入牆仔內。

這時陣睚跤狗，就是烏白郎君，已經反肚身軀倒直直，五肢攏軟莎莎，連目瞤也神神袂轉輪矣。

過晝仔，內底彼个哈哈哈的藏鏡人現身矣！

「哈尼，哈尼！」伊直直叫，毋過伊的哈尼目瞤掠伊金金相，peh袂起來，連彼塊跳六百下趁來

的豬肉也無力通吃。

「佗一个夭壽仔……」藏鏡人要緊共伊的哈尼抱去狗仔病院。

「唬,你的狗仔是欲參加世運乎?共操甲遮忝。閣操落肌肉溶去就慘矣。」

結果脹跤狗蹛院,開一萬箍才回復元氣。藏鏡人共彼塊肉對冰箱提出來煎予芳芳,烏白郎君竟然食甲流目屎。

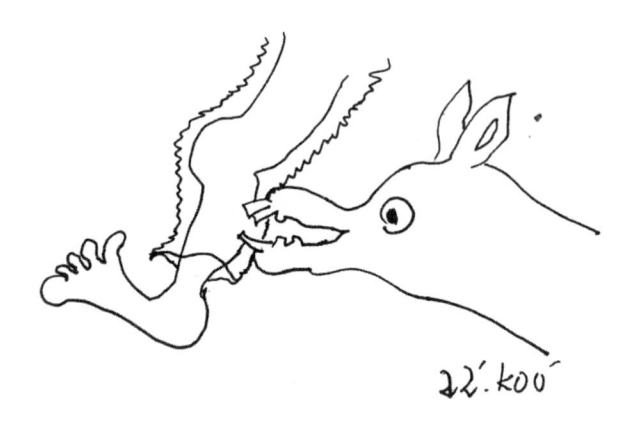

賊頭賊尾

　　浪溜嗹坐佇超商門口的石碣仔參跛跤發仔講話，講甲當繼拍，一台骨力分局007的巡邏車擋恬，一个中年烏面的警員落車簽巡邏箱，簽了攏無攑頭就閣行轉去車邊。

　　「賊頭欲走矣！」浪溜嗹目睭相警車，細聲唸佇喙內。

　　想袂到烏面警察耳空夭壽利，車門開一半閣關起來，越頭行向浪溜嗹。

　　「身分證提出來。」

　　「身分證 phàng-kìnn 啦！」

　　「姓名？出生年月日？身分證號碼？」

　　「⋯⋯啥？你的戶口哪寄佇戶政事務所？」烏面的提小電腦對相片了，掠浪溜嗹金金相。

　　「戶口佇戶政？我嘛毋知影，拍算厝主毋予我寄啦！」

賊頭賊尾　049

「看你目睭神神,講話散散,你這若形……有食毒 honnh?」

閣一个少年的白面警察開車門出來,徛佇另一片。

「烏白講!」浪溜嗹大聲抗議。

「無啦,伊較愛四界趒爾爾,袂食毒啦!」跛跤發仔出聲。

「你恬恬!」烏面的大聲制止,閣斡過看浪溜嗹。

「手攑懸,跤開開。搜身軀。」兩个警察共浪溜嗹夾佇中央,跛跤發仔要緊旋。

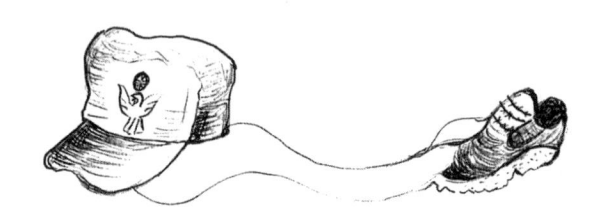

經過詳細搜身軀，干焦揣著紙幣兩百箍佮三個十箍的銀角仔。毋相信，閣共tshuā轉去驗尿了嘛是無，只好放伊走。

浪溜嗹轉來公園，鬱卒幾若工才閣開始會唱歌。伊共跤跤發仔借鐵馬，講來四界踅踅看看咧，心情會較輕鬆。

紲落，伊逐工去骨力分局牆仔邊，等烏面的駛007出門。

閣來連紲幾若工，分局定定接著檢舉電話。

「007警車違規停紅線。」

「007的警員入去參人食飯，凡勢有啉酒。」

「007停佇榕仔跤，內底的警員睏甲鼾鼾叫。」

…………

分局值班台接電話接甲手酸，交通隊佮督察組也逐時愛處理，有時閣會拍去分局長室，真正煩死。

過一禮拜，兩个警員騎機車來公園拜訪浪溜嗹，送水菓兼會失禮。

「小可代誌爾爾，我嘛知影警察大人足辛苦

啦,煞去就好,煞去就好……」紲落換浪溜嗹共 in 會失禮。

隔轉工浪溜嗹牽鐵馬去還跛跤發仔,水果分伊一半:

「in 賊頭,我賊尾。而且我贏 in 一項……」

「我『週休七日』,食飽閒閒。」

軍歌教官

　　浪溜嗹天生音感無好,少年時陣,唱歌足 gâu 搶拍慢拍兼變調,毋過幾冬來經過公園內卡拉 OK 的訓練,總算會及格,尤其是彼條《心事啥人知》,唱甲正確閣帶感情,不止仔好聽。

　　不而過,若想起佇外島做兵彼段,煞感覺足歹勢。

　　彼時陣,暗頭仔食飽歇睏,伊就佇寢室彈吉他唱歌,《離家五百里》是上捷唱的,閣有幾若條情歌,講是唱予下舖天篷彼个「向娃」聽的。

　　浪溜嗹是上兵,彈吉他拍 bass(貝司)唱歌足大聲,有時閣搖來搖去層姿勢。彼个大箍輔導長見行過就金金相,認定伊有音樂專長。

　　有一工,政戰部發落來一條新的軍歌,要求各連隊三日內愛熟練,而且佇行進中那唱那暨跤步,提振士氣。

連長佮輔導長非常緊張,馬上召見浪溜嗹,要求伊明仔載早起食飯飽,半點鐘內教甲會,而且tshuā出去那行那唱。

「唱歌視同訓練,訓練視同作戰。遮是前線,作戰是非常嚴重的代誌,只准成功不准失敗。」

浪溜嗹本底直直推辭,拜託長官派別人,想袂到輔導長煞變面目瞪睨惡惡。

「你敢陣前抗命?毋驚掠去銃殺?」

浪溜嗹予嚇(hánn)一下呅呅掣,直直應是,是,遵命。

彼暝暗頓食飽,要緊提歌詞歌譜來研究,用gi-tà(吉他,ギター)試音,好佳哉毋是五線譜,浪溜嗹勉強佇暗點名進前練好勢。

隔轉工早頓煞,一連三十外个人集合佇中山室,輔--ê下令:「伊是軍歌教官,逐家愛聽指揮,不得抗命。」

軍令如山,浪溜嗹開始教唱歌,伊唱一句,逐家綴伊唱一句。

想袂到誠濟人唱無三句,開始吞喙瀾,紲落咬

舌，in 感覺這條歌的音調佮節奏攏誠奇怪，強強欲唱袂落去。

「認真聽教官唱。」浪溜嗹誠有耐心重複十外擺，閣比手畫刀指揮，練唱兩點鐘，總算逐家學會曉變調兼跳拍的唱法，軍歌教唱順利完成矣。

歇十分鐘了後，部隊閣集合。由浪溜嗹帶隊，沿路行沿路唱，閣兼暨跤步「答數」。

想袂到伊教的歌變調兼變拍，而且唱第二擺閣參頭擺無全，有人開始跤相拐，紲落頭前後面相踏，規个部隊亂操操。

行無五分鐘，來到一个落崎的所在，有一个兵拍算相拐跤傷嚴重，煞雄雄跋倒挨向頭前，瞬間四、五个兵相捾輾落崎跤。

好佳哉崎無蓋趨，一个一个閣 peh 倒起來。看著按呢，浪溜嗹毋敢閣唱歌喝令矣，一群兵煞頭殼犁犁暨倒轉去隊部。

in 暨跤步唱歌中間，指揮官徛佇對面的崎頂，看著這个歪膏揤斜的部隊，氣甲直直搖頭。

隔轉工，連長輔導長攏記過降職調走。新任連

軍歌教官　055

長隨共浪溜嗹調廚房，負責洗碗兼飼豬。

閣來冬外，浪溜嗹共向娃的相片提來貼廚房，逐工食飽就彈吉他，唱《總有一天等到妳》，唱甲暢甲爽甲，到退伍時陣肥十公斤。

抗議家

　　講著抗議,浪溜嗹雄雄精神百倍,規身人有力起來。

　　「少年時陣,阮嘛是衝組的……毋管寒死海抑是懸山症攏綴我袂著。」

　　浪溜嗹開始喙角層層波。

　　「彼時陣啊,我加入黨外黨。」伊吞一下喙瀾繼續講:「有一擺有一間工場欠勞工薪水,想欲放死囡仔麛,阮就發動工人佇門口搭篷仔,起灶舖眠床,錢無提出來就抗議一千工。」

　　過三個月,寒天來矣,頭家猶閣無動靜,tshuā頭的抗議家頭綁黃巾衝入去揣伊談判,浪溜嗹綴入去打䰆。

　　「董--ê,你聲聲句句生理了錢,叫工仔先轉去才欲查查仔撫,騙痟的,你彼台免擋的先牽去賣啦!」

抗議家　057

頭家面紅絳絳,直直揬(tu)薰敬茶會失禮。

「免會免會。」抗議家左手插胳正手大力對桌面拍落去:「你攏毋知影阮咧賺(tsuán)啥物食的!」

頭家頓頭(tim-thâu)表示知影,隨著按內抗議家單一个入去小房間講話。

無偌久,規陣人出來矣,抗議家共黃巾仔敨較冗咧。

「各位勞工老大,逐家足辛苦,這馬談判已經

有足大的進展,不而過天氣不止仔冷,過年也欲到矣,咱不如先轉去,過年後才閣來。」

隔轉工,篷仔拆掉,一群人也無閣來矣。

「按呢,抗議算是成功抑失敗?」聽眾有人提出疑問。

「成功一半,總是盡力矣。」浪溜嗹歹勢歹勢:「阮這个隊長落尾當選一擺議員,閣來就無人欲選予伊矣。」

講煞開始抺薰共逐家會失禮。

美國咒

　　大寒的日子，公園寒 gí-gí，一寡流浪漢勻佇涼亭仔跤懼懼顫（khū-khū-tsun）。

　　浪溜嗹穿一領薄薄的短袵仔，那行那呼噓仔，散對這片來。

　　「俺娘偎，你是去偷食狗肉呢，哪面仔紅記記，攏袂驚寒？」

　　「講啥物痟話，這馬食狗肉會罰款兼掠去關啦！共恁講……」浪溜嗹雙手直直挲：「最近我學著灌頂加持的步數，凡是予我處理過的，逐家熱甲想欲褪腹裼，不而過……愛開一百箍。」

　　亭仔跤無人出聲，拍算攏毋相信。浪溜嗹踏倚去，半請半搝，叫一個瘦梭的老大人來坐頭前。

　　伊雙手大力快速直直挲，挲甲出雞屎味，挲甲強欲衝煙。

　　伊共正手貼佇老人的頭殼頂，開始唸咒語：

「k,s,l,t,s,t,i」,按呢那挈那貼那唸,老人誠是頭殼衝煙,lūn 龜 lūn 龜的身軀也騰起來。

亭仔跤有人開始撏褲頭,反襪仔,揣看有一百箍無。

「遮爾 gâu,三工無看著就學會這把好功夫!你唸這是啥物咒?」一个參伊 má-tsih 的不止仔好奇,偷偷仔問。

「雞屎落塗三寸煙,Ke sái lo̍h thôo sann tshùn ian,掠羅馬音頭字就成做西洋音的咒語矣!」浪溜嗹貼伊耳邊講:「江湖一點訣,講破值無三仙(sián)錢。」

旗啊‧旗啊‧旗

想著彼當時,四常攑頭旗喝抗議
喝甲梢聲,喝甲骨折肉裂

想著彼當時,世間層層順風旗
綴佇後壁趕鴨仔,喘袂離

旗啊旗啊旗,佇風中喘袂離

皇宮第二

龍尾脹脹長,順水溝摔落去

皇帝命

　　浪溜嗹拍保齡球,左輾正轉烏白跐(tsuāinn),姿勢誠貓。毋過,逐時洗水溝,兼洗甲足功夫。

　　浪溜嗹終於開悟,家已是水溝命,就加入清潔隊,負責清水溝。

　　伊清水溝原在姿勢足貓,弓尻脊,翹尻川,逐空逐隙清甲誠功夫。

　　有一工,無張持清著一條七百外冬的神祕地下道,伊照常用足貓的姿勢共清落去。

　　毋知過偌久,來到一个瀾閬閬的所在。一間古早厝浮浮,頂頭茫煙散霧,簾簷凸出兩支龍尾,下面盤坐一个穿長衫的斯文人,手底展開的冊,予風一頁一頁翻過。

　　「你好,浪溜嗹!」斯文人担頭,俺娘喂,竟然無五官,規面茫茫渺渺,中央有一條路迵入無明

的世界。

浪溜嗹嘛是共清落去,用閣較貓的姿勢,左旋正旋,身軀敢若一粒保齡球。

閣毋知偌久,來到一座五千年前的皇宮。皇宮,窮實是一頂皇帝帽。浪溜嗹媟入去,徛起來,帽仔戴踮頭殼頂,竟然峇峇峇(bā-bā-bā)。

浪溜嗹媟出水溝蓋的時陣,暗時九點外矣,規街路汽車 siù- siù 叫。伊徛佇路中央,威風凜凜,姿勢有夠貓,閣金光沖沖滾,逐隻車攏擋惦。

「眾卿平身!」浪溜嗹正手輕輕比一下。

紅蝦

　　七娘媽生，浪溜嗹還願，照品照行，101 工食 9999 蕊的紅玫瑰。

　　因為伊舊年下大願，祈求歇睏的水溝有大隻紅蝦。想袂到拄好風颱做大水，海產店的一堆龍蝦攏泅對遮來。

　　浪溜嗹食的是，紅甲像出血的玫瑰。所致 101 工了後，血路通透，規身軀紅記記，閣發出血色的芳氣。

　　這个黃昏時，伊來到溪邊，褪腹裼，用火燒雲起火。規身軀紅帕帕，結手印唸咒語，閣操七葉的竹仔枝。

　　七分鐘後，無講無呾，溪底的紅蝦一隻一隻相紲跳落鼎。浪溜嗹歡喜甲掠袂牢，再七拜謝，足足拜四十九擺：

　　「報告七娘媽，足濟人想欲予你做契囝，我較

特別，想欲予你做契兄。」

　　話拄講煞，雄雄紅雲中間伸出一肢手胇（pôo），對伊的賊頭 pa 落去，煞規身人掛鼎掛蝦攏輾落溪仔底。

放炮猴

　　做粗工袂堪得，毋過浪溜嗹嘛想欲加減趁（thàn），較袂散（sàn）。

　　知影放炮有錢趁，伊就要緊去引。雖罔放炮舅仔紅包較好 lián，哪有通輪著伊。

　　講著前屆選舉，浪溜嗹去幫一个議員候選人放炮。

　　服務處買五百門炮，叫伊佇掃街遊行的時陣按戶放，工錢千二。

　　浪溜嗹佇半點鐘前共炮仔沿路 liú 好，車隊一來開始放。

　　伊點炮的姿勢誠笑詼，薰敕一喙點一下，炮仔 pòng 起來，伊也趒起來，煞落閣 nih 目吐舌兼搖尻川花，親像著猴。

　　這時陣，車隊的 maiku（麥克風）開盡磅，候

選人抱拳行禮,喙笑目笑:

「感謝鄉親支持,感謝遮濟人放炮,祝逐家大趁錢。」

炮仔大細聲,茫煙散霧,無偌久車隊離開矣,浪溜嗹也去領千二矣。

隔轉工,店家攏出來掃地,那掃那謷(tshoh),拄好浪溜嗹行過,逐家攑掃帚逐欲損。

「就是這个,放炮像著猴這个。」

浪溜嗹干焦趁千二,予人謷兼姦,真正袂合。

四冬後選舉閣來,伊有經驗矣,要求另外請一个綴後面掃地。

這擺是鎮長候選人,宣稱浪子回頭做好囝,欲為鄉親拚性命。毋過逐家知影伊專業開筊場。

掃街彼暝,炮兩千捾,工錢五千,掃地另外請。

「這个候選人無好,莫佮阮遮放炮。」誠濟人店亭仔跤毋予伊 liú 炮仔。

「辟邪啦,放炮辟邪,放愈濟愈發啦!」

聽按呢講,逐家轉歡喜,有人拜託伊加放兩

捔。

　　選舉結果，候選人吊車尾落選，誠是放炮辟邪，放愈濟輸愈濟。

　　隔轉工袂天光，候選人就派一陣人欲去修理浪溜嗹矣。

　　伊聽著風聲，佇郊外的磅空覕一個月，毋敢轉來公園。

　　趁五千箍，這擺閣較袂合。

上好空的助理

浪溜嗹有一工坐佇公車棚的椅條噗薰烏白相,想袂到好手氣來矣。

有一台烏色的轎仔擋恬,一个穿甲鵤記記(tshio-kì-kì)牽金絲目鏡的中年人落車行倚來。

「看你一表人才,毋過拍算失業中。」中年人抾名片:「來做我的助理,上好空的助理。」

「啊,議員伯仔,毋通啦,我啥物攏毋捌。」浪溜嗹毋捌予人遮重視,徛起來幌頭兼搖手。

「免客氣,我看你會用得。敢欲先做一工看覓?」議員抾一包七星薰予浪溜嗹:「來,這包送你。」

浪溜嗹抓頭殼想一觸久仔,敢會詐騙集團?毋過我一籠遛遛,窮實無啥通好騙,不如先試看覓才拍算。

就按呢上車矣。議員先 tshuā 伊去買兩領仿

雨傘牌的 T-Shirt，一粒黏玻璃幼仔的滿天星（手錶），閣叫伊頭毛抐抐咧，喙鬚剾清氣。

紲落載伊轉去兼服務處的佗家。這是佇大路邊，歐洲式大範婿氣的樓仔厝。簡某某議員服務處的牌匾閃閃爍爍，不止仔奢颺。

簡議員共議員娘介紹：「我新交陪的好友，浪先生。人面潤閣內行，選舉連鞭到矣，伊會當幫忙足濟。」

看起來誠勥（khiàng）跤的議員娘，直直頕頭：「浪先生多多幫忙，簡議員服務足認真，毋過有一寡歹朋友會招去酒家啉，誠困擾，你愛共擋咧。」

這馬換浪溜嗹頕頭，直直應好。

到甲暗頭仔十點外，簡議員喜事場走煞，才開車來載浪溜嗹去拜訪，這是頭一工上班。

車開對郊區去，上省公路，厝愈來愈少。奇怪，到底欲去拜訪啥人？

較臨半點鐘，看著路邊有一間「白雪雪小吃部」，議員隨斡入去。

一个白雪雪幼麵麵的小姐從出來，共議員攬入去。浪溜嗹綴後面詁詁唸：「奇怪，小吃部是咧賣麵佮飯菜，哪有遮爾媠的查某？」

in 入佇第五番，一桌酒菜，一箱 bì-lù（啤酒）隨傳入來，四、五个小姐坐規轔，白雪雪的黏佇簡議員邊仔。

「來，浪先生你的工課來矣。」

上代先的工課，議員喝拳若輸浪溜嗹攏愛啉，這叫做「陪啉」。

閣來議員若出怪手頂下摸透透，浪溜嗹愛隨用身軀閘，毋通予人偷拎去，這叫做「陪摸」。

陪啉陪摸的工課做甲半暝一點，議員 tshuā 白雪雪出場，車直接駛入汽車賓館。

佇賓館內底，議員共包轉來的菜尾佮一手 bì-lù 揀予浪溜嗹，叫伊去便所啉，門愛關，無叫袂使出來。這叫做「陪睏」。

議員參白雪雪跍眠床頂，毋睏煞咧做運動，喘氣出怪聲，每叫一聲浪溜嗹就啉一嗗，連鞭閣啉幾若罐。

上好空的助理

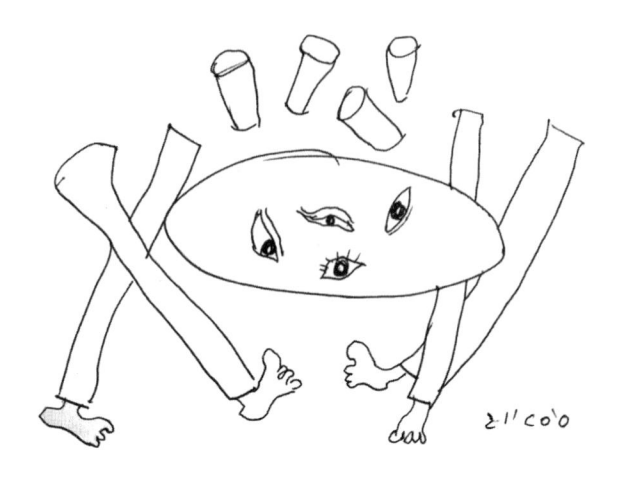

過一點鐘，議員叫伊出來睏，in欲入去洗浴。浪溜嗹鼻著怪味，只好睏地毯。

　　欲三點矣，議員開車送白雪雪轉去，換浪遛嗹坐邊仔，叫做「陪駛」。

　　三點半轉來議員的厝，議員娘徛佇門口無表情。

　　「親愛的，哈尼，歹勢，會暗柱仔跤足濟，逐家士氣足懸氣氛鬧熱，我真正毋敢先走。好佳哉浪先生打桼，直直幫我擋酒。」議員訴苦兼共浪溜嗹

插去倉庫睏。這叫做「陪做證」

議員娘體諒翁婿工課辛苦，總算露出笑容，共議員外套褪掉，閣佇眠床頂掠尻脊。

隔轉工，議員欲去議會，順路共浪溜嗹放落公車棚，攔揀五百箍予伊：

「這種工課有爽無？有食有啉有睏兼有所費，議員助理閣好名，世間上好空的啦！我隔兩工仔閣來載你。」

浪溜嗹醉猶未煞，佇車棚仔的長椅條麎落來，頭殼楞楞。

「誠是好空啦，遮爽的工課欲佗揣？」

毋過兩工後，敢欲繼續上班？伊仙想想無結果，想甲睏去。

上好空的助理　075

五四運動

　　五四運動紀念日的透早,簡議員閣來公車棚揣浪溜嗹。

　　「今仔日五四運動日,我共牽手講了矣,欲參文學家浪先生去運動。這會提高氣質,予選民好觀感。」

　　「毋過,毋過……」浪溜嗹想著頂擺舞規暝,害伊規禮拜連紲夢著予燒酒淋予查某抑,抑煞閣搊喙頓,誠是足衰。

　　「免煩惱啦,今仔日工課較輕可,干焦陪食飯陪運動,事後付你兩千,按呢有好空無?」

　　「食飯佮運動爾爾,遮好空。」浪溜嗹一聲應好。

　　「會記得,今仔日去參加五四運動。別人若問愛按呢講,尤其阮某。」

　　交待了,穿運動鞋運動衫的議員就共車駛去百

貨公司,入地下停車場。

踮百貨公司幫浪溜嗹買運動衫褲、運動鞋了後,議員佇大門口叫計程仔,駛去一棟叫「夢中家園」的大樓。

兩个人坐電梯上八樓,一个長頭毛烏黢黢(sìm-sìm)的小姐來開門,看起來三十外歲,氣質袂穤。

「叫議員娘。」

「啥?」浪溜嗹雄雄捎無,就順伊的意叫。

這是一間大坪數的套房,粉紅色的大眠床,遠遠有一組小膨椅,桌頂已經园三份麥當勞的套餐,閣一矸高粱三八仔。桌邊倚壁有一個相框入一個老歲仔的相片。

「你先食,阮先做運動。會記得,五四運動。」

浪溜嗹早頓食煞,啉幾喙仔高粱。奇怪,這馬酒量遮爾穤,竟然看著天篷起煙霧,而且敢若有塗石流動的聲音。

閣看眠床頂,一大領金黃色的綿裯被親像海湧

五四運動 077

溢來溢去。

浪溜嗹想講這若寫做詩,愛用海漲、痟狗湧,抑是走山來譬喻?五四,愛寫一首運動詩。

詩猶袂寫出來,議員佮頭毛烏㽼㽼的小姐已經運動煞矣,in對被空爬出來,叫浪溜嗹去坐眠床,換 in 食早頓。

「這個挕走啦!」議員共老人相倒匼(khap)揀落桌跤。

「哎喲,莫煩惱,伊遐袂用得矣啦,人叫董娘我攏嘛無愛應。」

頭毛烏㽼㽼的小姐激司奶面,閣提出一个紙袋仔:「你欲愛的選舉幫贊金,五十萬。」

議員誠歡喜,喙笑目笑,隨佮烏㽼㽼的議員娘喙頓唚一下。早頓食一點仔爾爾,隨閣叫浪溜嗹離開眠床,in欲繼續運動。

浪溜嗹閣來坐膨椅,伊共桌面小整理一下,看著一張有相片的名片。原來相框內底彼个老歲仔是「有力」機械公司董事長。

今仔日誠是較輕鬆,倚晝仔就轉來矣。議員娘

徛門口掠 in 兩个人金金相：

「議員有流汗，浪先生攏無。少年人活力無夠。」

浪溜嗹閣賺兩千矣。毋過坐佇公車棚直直想，雙手捾胸崁，閣摸狗公腰，喙內詡詡唸：「五四運動，五十萬，也是這路較好空。」

不黨

　　浪溜嗹不時看政黨大捭拚,雄雄開悟,有黨才有力量。

　　看一个好日,伊徛踮日頭中央,雙手摔(bok)天,雙跤蹔地。

　　伊拳頭拇摔一下,跤蹔一下

　　頂面喙喝:維護國家尊嚴!

　　下面喙應:不!

　　閣摔一下,蹔一下

　　頂面喝:堅持公平正義!

　　下面應:不!

　　閣再摔一下,蹔一下

　　頂喝:為民服務無惜性命!

　　下應:不!

　　向天地咒誓完成矣,日頭公做證。

　　浪溜嗹隨寫好申請書,要緊寄限時批予內政

部。欲成立第五百个政黨:「不黨」

日頭公看甲噴嗾鬚,無講無呾提早落山。

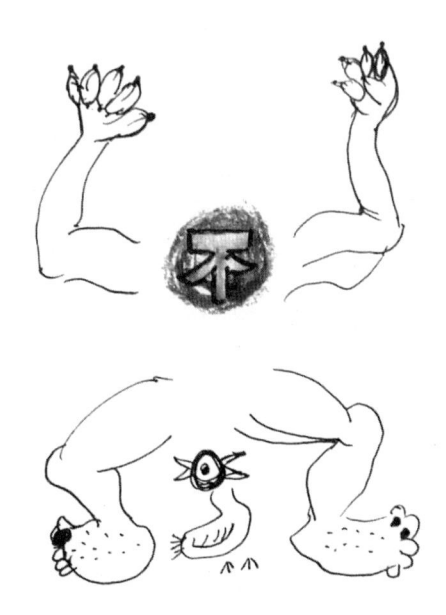

bì-lù 仔

　　檢采會當泅佇一杯 bì-lù（啤酒）內底，死囡仔麂。

　　有麥仔湧聲，有蟋蟀仔聲，有田蛤仔聲，閣有愛人喘氣的聲……

　　浪溜嗹直直相彼杯 bì-lù 仔，目睭漸漸沙微落去。

畏寒

浪溜嗹食腥臊轉來，酒氣衝天庭。

隨就開庭施展法術。天靈靈地靈靈，凡是冷氣機攏變做飛龍機，做一下飛去西方。

三藏取經拄行佇路中央。猴齊天要緊七十二變保護師父，無疑悟冷氣團強過火焰山，一觸久仔寒死千萬支猴毛。

佛祖佇西天煞起畏寒，坐袂牢地。誠毋情願，寬寬仔徛起來，結一个巴仙的手印，對猴尻川大力捽落去。

一時所有的冷氣機起毛 tsih 夭壽 giang，幹一下身，換 giang 對北極玄天上帝 in 兜去。

開運

　　開春大捙拚,逐家相爭掠兔仔挖嚨喉,逼伊吐錢。

　　浪溜嗹連灌三矸米酒頭仔嘛掠無兔仔。顛咧顛咧走去暨年貨大街,買一百籠送一張摸彩券。

　　天公伯仔嘛想袂到,竟然著大獎,一台 BMW 的跑車!

　　浪溜嗹暢甲掠袂牢直直跳,兩粒〇〇險險就落去。

　　領獎時陣,更加意外。BMW 哪會遮細台?開車門,連一隻指頭仔嘛攏袂入去。

　　轉來公園,伊掠一隻草猴共車拖咧走,閣綴後面拍噗仔喝咻:「緊閃,美英仔 in 老母來矣!」過路人笑甲東倒西歪,浪溜嗹也綴咧笑。

　　無疑悟天有不測鳥隻,雄雄出現一隻白頭鵠(KhoK)仔,開喙共草猴咬咧,一下手就連猴掛

車揹走,飛對天頂去矣!

天公疼戇人,窮實你毋是戇人。天公伯仔吐一口氣,浪溜嗹煞哭甲四湳漘。

手氣啦手氣・食薰等手氣

　　拜一威力彩，拜二大樂透，拜三文學獎，拜四中秋暗會摸彩。

　　手機仔五千个讚，全紅心兼留話，閣有姑娘仔弄心花。

母語第三

本底就是按呢生,
làu 落去,滾起來

學台語

　　長期以來,四常有人開錢學英語,補習、買冊、檢定⋯,終其尾,有可能遇著阿啄仔,講甲 tí-tí-tu'h-tu'h,喙舌拍結。

　　聽講有人想辦法去交陪一个阿啄仔,經常參伊開講,連鞭就熟 liù-liù 矣。

　　這馬,時常有人上課、買冊、聽 CD 學台語,考證照。窮實有的人日常定定講台語,學習文字使用嘛誠好。

　　較予人擔憂的是,有一寡日常無咧用台語的青春少年兄,純靠上課、翻字典、查古冊學習台語,將台語當做英語學,共母語成做外語用,致使話詞脫離現實,強欲進入外國台語的時代。

　　足想欲共台語練予好的台灣人,若是厝內的人毋講台語,上好是去交陪一寡台語誠輾轉的人,相信無偌久就足 gâu 講矣。

譬如若來交陪浪溜嗹，一禮拜請伊啉一杯咖啡，總開毋免三百箍，俗閣有局，逐家攏歡喜。

　　想著遮，浪溜嗹雄雄坐騰騰，額頭發光，感覺人生充滿向望。

台語補習班

　　可能推測將來升學愛考台語文,市內開一間《紲拍》台語補習班,強調語言、文法、文字三合一,比英語教學較周至。

　　浪溜嗹最近學寫台文,雖罔無錢通補,也想欲來關心一下。伊徛倚門口,拄下課時間,一群囡仔 mooh 一堆教材行出來。

　　一台免擋的轎仔擋跙,老阿媽落車行過來接阿孫,是一個綁乳尾仔古錐的查某囡仔。

　　「彤彤,快來阿,阿等下 honnh,我門要去出大換廳呢。」

　　阿媽共冊接過來,牽阿孫的手,用半精白的華語大聲講,媽媽也開車門出來。

　　「不要不要啦,人家要去麥當勞!」查某囡仔共阿媽的手 hiù 走,開始花。

　　「不行啦,今天你大伯來,要請他們吃飯,不

許胡鬧！」媽媽手插胳，用標準的華語講。

囡仔花無效，煞坐落塗跤哭。

「好啦，阿我門就去出麥當老啦，大伯沒關西啦，阿不哭不哭，阿……」

阿媽較緊共抱起來。

「唬！媽媽妳傷倖（sīng）伊矣！」

無偌久一家人上車，兩爿車門攏 pòng 足大下。車頂的爸爸頭殼犁犁，免擾的轎仔呼（pu）一聲，連鞭駛遠去。

補習班壁頂有一塊看枋，大大字的華語廣告詞：

「本補習班重金聘請專家，特別注意校正學生台語音的喉嚨震動、入聲俐落、脣音自然、聲調精準。」

中毒

　　看著愈來愈濟人用母語寫文章,浪溜嗹也興tshí-tshí,無偌久就舞一大篇,寫佇海沙埔頂。

　　耍水的人行倚來看,有人無意見,有人清彩呵咾兩句,閣有人當做無看著,對面頂踏過去。

　　浪溜嗹感覺誠悽微失望。好佳哉,有一個歐吉桑行過來矣,伊踅一輾,開始一字一字看,嶄然仔有興趣的款。

　　浪溜嗹雙手挃咧挃咧:

　　「請多多指教!」

　　想袂到喙脣一尾烏龍的歐吉桑手掖後,直直幌頭:

　　「中毒啦!」

　　「中毒?遮是沙埔,海水鹹鹹,會有啥物毒呢?」

　　「胡言亂說。我是講你的字詞中毒誠深,看起

來有西班牙毒、荷蘭毒、日本毒、中國毒、英國毒⋯五毒齊侵。」

浪溜嗹聽甲面仔青恂恂,問講欲按怎解毒?

「去溪邊彼間廟朝拜五靈公,in 是解毒除疫的專家。」歐吉桑目睭轉輪,誠正經講。

「母湯啦!彼間我拜契拜五尊,連三年考袂牢母語老師。」一个少年家佇邊仔出聲。

「哎喲,母湯先生啊,你中火星的毒,地球的神仙無法度化解啦!」

浪溜嗹聽甲頭殼楞 tshia-tshia,mooh 咧燒,要緊跳落水洗淨,向望規身軀毒氣消敨落海水。

雄雄海邊起大風,一陣痟狗湧拍起來,共伊所寫的拊(hú)甲無半滴。

「五靈公顯聖矣!」一群人那走那喝。

中毒 (093)

加減話

聽講阿母的話咧欲消失去矣,這種代誌比無頭路、枵腹肚較大條。

浪溜嗹開始逐工講阿母的話,感覺無夠氣,兼落一寡逐家誠少講的阿媽的話語。

佇公園蓮花池邊,有一群少年的咧食點心,面頭前攏披一本冊,而且,逐個攏講母語,雖罔講話無足滑溜,有時閣半精白。

原來是母語的讀冊會。學習的機會來矣!浪溜嗹踏倚去參加,in 也表示歡迎。

毋過,浪溜嗹講無幾句就予人糾正矣,一個講伊用詞毋著,愛查字典,一個講伊用句毋著,需要讀文法。

「毋過,毋過,阮阿母就攏按呢講呢……」浪溜嗹 ti-ti-tú-tú。

「恁阿母就講毋著矣,查字典,查字典,叫伊

改倒轉來。」

浪溜嗹只好換講阿媽的話。這回閣較慘，in 講阿媽無讀冊，話句攏走精。

浪溜嗹誠鬱卒，走去邊仔的涼亭仔歇咧喘。無偌久就睏去矣，伊做一个夢。

古早的古早，雞佮鴨全國無全族，本底講話無全聲，隨人有特色。不而過，鴨族定定足欣羨雞鵤講話，就規群來學習。想袂到一下久，家己鴨族的話產生變化，也沓沓仔強欲失傳去。

鴨的族長一代接一代，中間有一个較有族群意識，頭殼精光的族長開始推動母語復興運動。

in 開始研究母語，編字典、寫文法，稽考話語來源，囡仔大人攏熱噗噗，沖沖滾，變做新流行。

過誠久一段時間，老鴨發覺家己講的話不時無合文法規定，煞沓沓仔無愛講，干焦簡單用「加！加！加！」來表示。

另外，少年鴨用符合文法、字典的規定，步步斟酌小心，毋敢創新，恐驚失覺察予人笑。一下久，感覺無趣味，也漸漸袂愛講，只是用「減！

減！減！」來表示。

閣過一世紀，鴨族的語言全部失去，無人咧講也無人會曉講矣，留落的是一堆研究論文佮學術資料。

「囡仔人火氣大，愛啉椰子汁！」浪溜嗹雄雄聽著阿母的聲，精神起來。摸橐袋仔猶有一百箍，要緊來買一粒椰子。

免審查

　　浪溜嗹公園蹛足久,有一工雄雄知影樹仔的話語。

　　公園中央有一欉九百年的牛樟公,受著大小樹木花草敬重,伊講話誠有智慧。有一日,伊大聲批評人類的觀念:

　　「人類自信滿滿,發明植物學、園藝學,閣寫樹根欶水法,樹頭姿勢法,樹椏伸勻法,樹葉飄搖法。in條條有法,規定一大堆,經過審查合水準的,才列為國寶,進一步有機會成做世界上珍貴的寶貝。」

　　「毋過,身為樹木,咱有咱的格。咱的根來自母土,流阿母的血。咱的枝椏逐工參日頭公講話,葉仔逐時聽風的歌詩,咱規身軀靠雨神來洗禮。」

　　「毋免人類審查,咱是自然的性命,本底就是按呢生。」

公園內的樹仔攏聽甲耳仔覆覆，一寡當咧爭取國家「優良樹木獎」的，煞歹勢甲面紅紅。

「免審查，本底就是按呢生！」

天頂一群鳥仔相紲按呢叫。

「免審查，本底就是按呢生！」

浪溜嗹也按呢大聲喝咻。伊腹內的母語源源不絕，像水沖，像江海，直直絞滾起來。

奶仔球

　　平平逐時守（tsiú）公園，有人屈咧腫頷練戇話，有人看棋喝甲大細聲，有人踅湖四界行。

　　有一个誠無人緣的，伊個性kè䞕拐，講話足愛狗kè。比如行棋唱聲，人喝行俥伊就講拍炮，人講進馬伊就喝徙象。有人寒gí-gí疊衫，伊就刁工褪腹裼兼呼噓仔。

　　有一工伊猶閣坐佇樹仔跤，講話狗kè烏白挨，逐家聽甲反白睚（píng-peh-kâinn），連樹頂的鳥仔也聽甲擋袂牢，規群kè-kè叫。

　　雄雄噗一聲，一垺鳥仔屎墜落來，對對射著伊的額中心，閣流落鼻頭、喙脣，變做鳥屎面。

　　「有夠準！銃子拍入䞕鳥空。」一个老歲仔大聲喝，逐家笑甲歪腰。

　　「講啥潲？」鳥屎面的徛起來，拎（gīm）拳頭拇閣放開。

「姦!膦鳥比雞腿,鳥屎佮銃子有啥潲關係?」

浪溜嗹要緊做公親,叫逐家恬恬,予伊去買咖啡。伊問幾个人欲加「奶油球」,毋過台語翻著拗拗。

「奶仔球啦!」鳥屎面的順喙幫伊講出來。

輸人毋輸陣,輸陣就膦鳥面。佇這个公園內,三色人講五色話,攏是常民語言的一部份,足濟字典無的,攏參文法無啥關係。

佇這个公園內底的常民語言,上 kè 膦拐的,也是蓋有創造力的。

鳥屎膏

　　最近佇公園樹仔跤,除了行棋,也有人足愛討論一寡新物件的台語講法。

　　有一工有人提出往過無的物件「立可白」,討論這陣用台語欲按怎講,毋過有人提出就有人反對。

「修正液」

「幹!這句華語啦!」

「隨會白」

「欸,是化裝品呢?」

「水拭仔」

「嘿,規張紙拭破去矣!」

「拭仔糊」

「哇,想欲糊予規手規面lio'h?」

「拭仔膏」

這句煞無人應聲,敢若小可合意。

衫仔頂用毛筆寫三字「愛台語」的浪溜嗹,擎頭四界巡,看家己畫佇樹葉仔頂的字佮圖,雄雄喝一聲:「鳥屎膏!」

逐家聽一下目睭展大蕊,議論紛紛。落尾經過表決,全部支持「鳥屎膏」。彼的主張「拭仔膏」的本底投家己一票,隨閣表示放棄。

「鳥屎膏」趣味閣倚意,佇公園,佇學校,佇辦公廳,一个傳湠一个,共「立可白」講做鳥屎膏的愈來愈濟矣。

終其尾,教育部共列入台語字典,全國統一使用。

扁膣餃

　　詩情滿滿的公園，無講無呾來一群筊徒，佇金龜樹跤跋十八仔。

　　浪溜嗹手插胳，徛佇邊仔面腔無蓋好。

　　做內場的中年查甫人，矮矮肥肥，前擴後擴三分仔頭，外號老和尚。伊提一塊大碗公园四粒骰仔（tâu-á）跋十八仔，砛注的四、五个，「十八仔，十八仔！」大細聲，換內場攦骰仔的時陣，就喝「扁膣啦！扁膣啦！」。意思是內場若爛糊糊穤膣膣，逐家橐袋仔就飽飽矣！

　　無疑悟，這个老和尚搖骰仔功夫不止仔好，逐回尻川小可擷浮，骰仔輕輕仔擲落去，閣共強欲落落的褲頭攏一下。按呢，竟然一擺閣一擺，連七擺一色總咬。

　　砛筊的輸甲吐大氣，幾若个去提款機領錢矣。老和尚越頭看著浪溜嗹手插胳無代誌，就央伊去買

中晝。浪溜嗹本底拒絕，想一下仔閣應好。

「買『鍋貼』三十粒，青仔兩包，薰一包，找的予你。」老和尚施一張青仔橛出來。

「水餃敢毋好，買水餃較方便啦！」

「莫！我討厭水餃股。」

「若無煎餃好無？」

「毋好，我跋筊一向正派，無咧剪筊。」

「好啦，『鍋貼』就『鍋貼』，愛晢較遠。」

浪溜嗹三教九流朋友熟似袂少，買『鍋貼』的半路，斡去借一个電子儀器，裝電池园褲頭，用衫坎起來。

老和尚『鍋貼』食了，拭喙搶腹肚閣開始坐內場。

想袂到，這馬內場煞開始爛。碏注的見喝「扁膛啦，扁膛啦！」就真正撚出扁膛，一輪閣一輪，連輸二十一回，任伊按怎徙尻川攏褲頭都無解。而且筊跤愈晢愈大，終其尾老和尚輸甲褪褲。

浪溜嗹凡在手插胳：

「水餃是元寶，煎餃是金元寶，講袂聽，偏偏

仔欲食扁膣餃。」

「啥物扁膣餃，我明明是食『鍋貼』。」

「誠實毋捌字兼無衛生，『鍋貼』是用扁扁的水餃煎出來的，台語扁煎餃，又名扁膣餃。你食一堆扁膣餃，免講嘛直直出扁膣。無彩跛筊跛遐久，連這也毋捌！」

老和尚聽甲面仔青恂恂，雙跤躘塗頭犁犁離開去。

從此以後，無人敢來這个公園跛十八仔。佇別跡跛的，也無人敢食扁膣餃矣！

飛出去啦飛出去

蝴蝶咧飛,臭蛾仔嘛咧飛
逐家攏愛學阿母參天公伯仔講話

詩王第四

詩魂天頂玲瑯趤‧唵嘛呢叭咪吽

詩魚

　　浪溜嗹雄雄想著，家己上適合做詩人，浪游詩人。

　　按呢伊就飼一尾詩魚佇溪中，逐工儉腸凹（neh）肚，好料的攏留予詩魚食。

　　詩魚一暝大一寸，浪溜嗹為魚的三頓，傱甲虛累累，歪腰兼跛跤。

　　無疑悟有一工日頭欲落山矣，浪溜嗹猶袂來，詩魚煞急甲跳上溪岸頂。這時陣，一隻獅經過，開喙就共魚頭咬去。閣來一隻馬踏過，魚尾煞牢佇跤蹄。

　　浪溜嗹轉來的時，詩魚賰中箍。詩魂已經飛起去佇雲頂矣。

　　從此以後，浪溜嗹的詩文，定著是頭前弄獅迸迸叫，後尾馬蹄答答行。只有中箍，中箍逐時予人擲落鼎。

浪溜嗹,浪游詩人,窮實袂洇水。終其尾佇溪中撐渡家己,若看著詩魂佇天頂踅,就大聲野喉,喝咻兼唸詩。

伊唸詩像唸咒,唸甲溪底魚蝦走甲無半隻。

現代詩甕

　　浪溜嗹猶是念念不忘伊的詩人夢。毋過這擺,無閣飼詩魚。

　　伊聽講寫現代詩,愛文詞疏離,愛共字句撨來撨去,予人臆無才有趣味。

　　浪溜嗹揣一个玻璃魚甕仔,共一堆字擲入去,閣逐時漩尿共沃,先浮的抾园頭前,慢浮的做尾字。

　　經過一禮拜,浪溜嗹寫好一首,後後現代的歷史詩。這首詩,真正有臭尿破味。

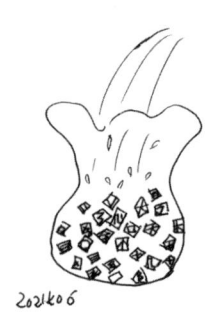

詩的滋味

　　浪溜嗹已經放棄肖想,一世人無可能做詩人矣!

　　伊聽講做詩人,愛千捶百煉,共身軀捶予像鐵餅,才閣用極火焐出字句。

閣較厲害的,愛跳落火窯,化做火烌,抾出舍利子,有夠濟的,才會當排做一首詩。

俺娘喂,浪溜嗹驚甲呎呎掣,規氣逃來樹跤驚。

日頭公軁過空縫揣浪溜嗹。樹葉仔煞一 mi 一 mi 閃閃爍爍。浪溜嗹大聲野喉,唱陳雷的歌:歡喜就好。

一 mi 樹葉落落來,準準 lo'k 入喙空。浪溜嗹哺哺咧,竟然有詩的滋味。

有寫・無寫

浪溜嗹已經足久無寫矣！伊頂站仔去大崗山修行，予一欉樹仔開破：寫就是無寫，無寫就是有寫。得道高樹啥名？伊講，有名就是無名。誠是開悟矣。

這馬閒仙仙，只好逐工掠蟲母相咬。揣無蟲母就換狗蟻。有一工，掠一烏一紅欲愛 in 相咬，無疑悟兩隻講通和攏來咬伊。

落尾想一步。囥一塊糖仔落去，in 就大戰三十六回合，戰甲六跤攏賰三跤，牙槽也齊斷一片，才準煞。

浪溜嗹共糖仔抾起來窒落喙內，食甲暢甲爽甲兼唸歌開破狗蟻：有咬就是無咬，有食就是無食。

橋佮水講話

　　浪溜嗹足久無寫詩佮畫圖矣！有人問，伊就回講，頂顢啦！畫塗牛爾爾，莫閣耍矣。

　　橋聽著耳風直直搖頭：

　　窮實伊是耍袂落去矣！聽講，本島規百冬來，畫圖原在興印象派，若無足歹賣，比賽袂著等，展覽無人鼻。若是蘇富比一張人看無的幾若億，眾人就喝咻，痟的！痟的！

　　水共身軀盤佇橋跤：

　　我佇水頭水尾嘛聽過足濟 news。島內的詩，規百年矣，猶原主體意象派，若無詩集少人買，報刊無欲登，比賽踢出籠外。若雄雄一首怪詩著大獎，就一堆人喝拍喝抑，予評審走甲噴肩。

　　風聽著 in 的話語，軟佇橋跤嗤舞嗤呲：

　　較細聲咧！烏白講，散佈假消息，打擊藝文士氣，敢毋驚罰款？

橋佮水齊攑懸音喝咻：

阮一个講話予日頭曝，一个話語出喙就流無去，是咧驚啥物！

詩花

　　情人節,浪溜嗹想欲送花予無緣的愛人,毋過橐袋仔袋磅子,誠厭氣。

　　伊想變步,送一葩詩花。

　　就去圖書館翻詩冊,做筆記,共好詞好句好花攏掠落來,集集摭摭規花矸,果然誠嬌氣。

　　無緣的愛人佇雲頂,瞇一蕊目瞤瞚過樹葉的空縫,看著這矸花詩,呵咾甲會觸舌。

　　哇,誠是好詩花,提去參加比賽一定著大獎。新意象派比舊意象派較猛,較有創意。

夢露詩詩叫

　　春花開矣,受著夢露的誘拐,浪溜嗹閣開始大寫詩。

　　伊透早精神撚(lián)頭毛絲,食 toast 捻(liàm)甲一絲一絲,逐時用蔥仔炒肉絲,見開喙就講甲喙瀾層層絲。

　　春天猶未過,浪溜嗹就變做牽絲俠矣,伊用瑪麗蓮的筆名,佇網路寫詩,日寫暝寫,寫甲發明出一種新語言,叫做「嘶嘶語」。

　　熱天到,伊已經成做「嘶嘶國」的主人矣,逐工掛佇蜘蛛網頂頭,行東西幌南北,百萬樹葉是伊的子民,風若來就開始拍噗仔,大聲喝咻:

　　浪溜嗹,瑪麗蓮,萬萬歲!

文學獎

　　最近足濟人咧痟 ChatGPT，浪溜嗹閒閒嘛來罔耍看覓。

　　伊提供人物、場景要點，欲愛的內容文字，拜託 ChatGPT 寫一篇小品文一首詩，ChatGPT 免一分鐘就寫好勢，伊閣請伊修改兩擺，就正式完成矣！

　　浪溜嗹一篇寄陽桃縣，一首送李仔市，參加文學獎比賽。

　　過兩個月，得獎名單相紲發表矣。想袂到小品文著第三名，詩著佳作，獎金加起來幾若萬。

　　這聲爽死，毋免閣睏地下道矣，浪溜嗹要緊去夜市仔買一領 siat-tsuh（襯衫，シャツ），準備領獎欲用。

　　伊也共 ChatGPT 報喜。ChatGPT 聽了代先共恭喜，紲落講：

「分我一半,若無後擺無猴癮(giàn)寫啦!」

飛過文學地景

逐時聽人講島嶼四界攏文學,浪溜嗹愈來愈興矣!

伊毋是興喋(thi'h),而是慢啼。

最近若攑頭看,定會看著飛龍機佇天頂描畫文學地景,kńg-kńg 叫,閣兼噴一逝長䂩䂩的文字。

「有路用的人愛像按呢!」

浪溜嗹決意欲上天。毋過想罔想,伊無才調成為飛龍機,只好變做風吹。

有一工,伊總算飛起去矣!雲誠厚,風真涼,飛足久足久,龜怪,哪攏佇原位轉踅。

「線擢(tioh)牢咧啦,緊鉸斷!」文昌君遠遠倚佇雲頂,用慈悲的目神看伊。

浪溜嗹手頭無鉸刀,要緊用喙咬,幾若擺才咬斷。想袂到風吹毋但無飛遠去,顫一下仔,煞急速墜落去矣。

浪溜嗹頭殼 mooh 咧，轉幾若十輾，總算落來到人間。

　　「俺娘喂，便所啦！」

　　「烏白講，阿母生你的時陣哪有便所，彼陣外省的講茅坑，本省的叫屎礜仔啦！你未出世就足孽淅，竟然家已咬斷臍帶爬出來，正正落落屎礜仔。」

　　「彼時陣，阿娘拄好跙便所。」

　　「所以你天生臭賤命。逐个相命仙攏按呢算，而且無解。」

　　浪溜嗹聽一下頭殼 mooh 咧燒，臭賤命敢有合做文學家？仙想想無！

詩人石

　　四常佇堤防岸散步激文字，浪溜嗹肖想總有一工會寫出像《湖濱散記》彼款好文章。

　　想袂到有一工，有一陣「環境藝術大隊」，親像宋江陣頭 mooh 一堆家私頭仔來矣，三兩下手就共溪邊彼排長眽眽的壁牆舞甲五花十色，無一跡空白。

　　透早貓霧光（bâ-bū-kng），浪溜嗹睏袂當精神，要緊走去看。

　　夭壽咧，天頂飛的、塗跤走的、海底泅的逐項有，毋過，無一隻親像。干焦大象跤縫彼垺，画甲嶄然仔成功。

　　無偌久里長 tshuā 官員佮里民來矣，介紹溪邊美化成果非凡，散步的里民有福氣啦！

　　「誠好！誠好！愛安排全市的里長來觀摩。」課長越頭交待課員。

浪溜嗹聽一下要緊旋,這聲《溪邊散記》寫袂成矣,想想咧,換去 peh 山揣靈感。

三工後來到雞公山石頭嶺,石頭一向是文人山水画的重點,陶淵明悠然見南山的時陣,嘛足想欲用召鏡,好好仔欣賞一粒一粒的大山石。

毋過當浪溜嗹伐上山頂,夭壽咧,逐粒石頭攏有刻文字,而且直直牽絲,有白翎鷥、蜘蛛絲,也有蠶仔絲,逐條都卡青苔。

誠好!誠好!要緊綴落去。浪溜嗹神神直直想,共詩刻佇石頭頂會留名三百冬,伊若直接髏入去,化做青石,留名絕對超過一千年。

愈想愈陷眠,一觸久仔誠是化做一粒青石矣!

不而過紲落誠無順序。上代先是大雨連落一個月,落甲伊心肝頭彼葩火齊化去,暝日寒甲咇咇掣。閣來,古早的山水畫大師范寬,招文友上山取景,行十外伐就越轉去矣。伊講,一堆山石攏貓 pí-pà,完全喪失自然的雅氣矣。

落尾山神來矣,捋目眉撚喙鬚:「我做神進前堂堂狀元,詩詞讀過不止仔濟。這馬無講無呾刻一

詩人石

堆，雖罔有一半首仔好詩，毋過總是無經過我同意。尤其這簐生銼面的，竟然化做詩人石，大範大範坐跙入山的路口。」

山神愈講愈受氣，伸手大力 pa 落去，詩人石必開，浪溜嗹要緊從出來，走甲噴肩。

「山水參我相剋，只好來遮看恁走相逐。」

佇公園的草埔邊，浪溜嗹不時共一堆囡仔講腫頷的故事，逐家竟然聽甲耳仔仆仆。

功夫詩

佇港墘公園樹仔跤,一群行棋人,兩个坐咧對削,賰的圍一輾負責唱聲。

浪溜嗹佇另外一爿的石椅,喙角層層波,講詩的道理。

「講著詩,分古早詩、現代詩,古早的有唐詩、宋詞、元曲種種,這馬流行現代詩,講著這啊,講甲予你捌,喙鬚就拍結……」伊搩一下喙鬚剾無清氣的下斗:「現代詩有分行詩、圖象詩、散文詩、小說詩,閣有人提倡截句、無意象詩、無字天詩……」

紲落浪溜嗹就當場唅一首伊做的現代詩,頭殼幌咧幌咧,目睭開咧合咧。

逐家看伊四常賴賴趖,有時睏樹跤,有時徛佇安全島,想袂到竟然滿腹詩文,煞開始另眼看待,產生敬意。

「慢且是,你拄才減講一種:功夫詩,這是上重要的現代詩。」

「啥物是功夫詩?毋捌聽過。」

「食無三把蕹菜想欲做詩人?功夫詩是用表演的,逐家恬恬看。」

出聲的是一个穿唐裝健抽的老歲仔,伊屈跤尾,抾拳頭拇,開始表演一首功夫詩,詩名:「腹內的戰爭」。

上起先,伊拍白鶴拳 15 回合,紲落開始唸詩,hiu-hiu 叫,每唸一句就表演一項無仝的動作。

伊有時拋麒麟,有時閹雞行,有時跳 dance,有時 peh 樹頂,有時指天揆地,大聲喝咻。表演煞外衫澹漉漉,汗水洎洎津。

觀眾看甲足爽,噗仔聲硬催,閣來!閣來!連趕行棋的攏走過來。

浪溜嗹閃佇邊邊仔,bi-sih-bi-sih,無意無意。伊直直揤頭殼,訛訛唸行離開:「誠精彩的功夫詩,可惜詩的內容,我連一句都聽無。」

新詩共和國

　　島嶼新詩的風氣愈來愈旺矣,山頂海邊厝內厝外桌頂桌跤,逐跡都有詩火咧著,赤焱焱,熱 hòng -hòng。

　　這陣的現代詩,有的貼車頂,有的貼電火柱、有的刻塗跤、有的規厝間的壁堵齊寫詩,有的共山路的石頭刻了了,有的佇海邊的肉粽角,逐粒都刻詩。

　　閣有,詩毋但用唸的,也有用比的、用跳的、用表演的、用拍電影的、用動畫的、用做夢的、用冤家相罵的,致使逐工一出門就看著詩、聽著詩、撞著詩、踏著詩。

　　輸人毋輸陣,輸陣歹看面。浪溜嗹開始動腦筋,想三暝三日,想著一招無人有的。

　　伊去買一本現代萬家詩。

　　逐工猶未天光就佇公園作業。浪溜嗹攑袂退色

的奇異筆佇樹跤樹頂拍拚寫，共萬家詩寫上每一 mi 樹葉。

伊對春天寫甲熱天，規公園的詩句 ia̍p-ia̍p 爍，鳥隻相爭唸歌詩，一陣一陣的南風攏詩詩叫。

秋天來矣，開始落葉仔，浪溜嗹徛佇樹仔跤，落葉的聲音親像拍噗仔，佇塗跤予人 Làp 過有暫跤步的聲，每一陣風摔過去，每一群樹葉 piu 向湖面，攏喝萬歲！萬萬歲！

市政府接著檢舉，本底欲告浪溜嗹破壞公物，毋過經過觀察，感覺這比佇車頂、佇街路貼詩的作用較大，況且毋免開錢。

　　浪溜嗹逐工聽著喝萬歲，知覺革命成功矣，就佇衫仔頂印大大字的「詩王」，逐時坐佇彼欉四百年的樹王公下面喝：「眾卿平身。」

　　市政府當咧慶祝建城四百年，辦足濟活動，雄雄發現這件上轟動，就佇公園門口徛一支牌仔：「新詩共和國」，無偌久，全島的人聽著風聲，挨挨陣陣來朝拜矣。

　　「真正是文化城！」日頭公看甲吐舌毋甘歇睏，逐工的日時煞加兩點鐘。

撇車

　　半晡仔,公園來一个新朋友,生做斯文款,伊的鐵馬 khì-khénnh 叫,佇涼亭仔邊擋恬。

　　「喂喂歐吉桑,欲來做伙開講無?你對佗位來,哪無駛車?」

　　一堆人十喙九貓,掠伊貓貓相。

　　「食老矣,退休矣,這馬無咧開車,嘛毋愛駛汽馬,就是逐工駛鐵馬四界踅。」

　　「啥?駛鐵馬?」

　　「啥物是汽馬?」

　　這个老歲仔戴一頂碗公帽仔,講話腔口無仝,用詞也特別,逐家誠好奇。

　　「肉馬用騎的,鐵馬當然用駛的。」老歲仔共碗公提落來搝風:「食汽油的鐵馬叫汽馬,食電的就是電馬。鐵馬那踏那駛,汽馬、電馬那駛那催。」

「若講著汽車,欲入去愛先開車門,坐落愛先開鎖,天暗愛開電火,遇著紅燈愛停,才袂予人開紅單。開車千萬愛細膩,毋通左 sái 正 sái 烏白 sái,若出事啊,人生就親像踏落屎窟。」

「閣有一種毋免開的車。」歐吉桑愈講愈紲拍:「毋免開車門,用跳的上車。毋免開鎖,電腦掃描發動。毋免紡 haǹ-tóo-luh(方向盤,ハンドル),自動操作。毋免停紅燈,因為飛佇頭殼頂。」

「這種車毋是用駛的,也毋是用開的,坐佇面頂的人一手掰頭毛,一手攬愛人,衫裾角搣咧搣咧,所以叫做搣車。」

亭仔跤的公園眾仙、乞食羅漢聽甲喙開開兼吐舌。這个老歲仔是啥來歷,遮爾 gâu 練,浪溜嗹遇著對手矣!

「請問歐吉桑欲按怎稱呼?」

「我叫破銅鑼。」

破銅鑼雖罔聲音梢梢 lè-lè,毋過中氣十足,愈講愈有力。

搣車　131

「bye bye,明仔載才閣來。」伊碗公戴咧鐵馬鉼鉼叫、khi-khe'nnh 吼,駛對蓮花海彼爿去矣!

文抄帝君

詩王浪溜嗹的名聲沓沓仔渙甲全島嶼。

有一工，有一个少年仔來公園拜見，請教文學獎的代誌。

「我自大學一年投甲研究所三年，拋過四百擺網，連一尾三界娘仔都無。」少年的用哀怨的目神看伊。

「嗯，嗯……」浪溜嗹佇大樹跤疊盤坐，樹頂跤邊的樹葉仔攏有詩。

浪溜嗹足久無出聲，少年的一拜再拜三拜，終其尾拜甲詩王開示：

「第一，揣一个主辦單位上佮意，四常著獎的題材。第二，順題材蒐集名作好詩內底的好字句。第三，共一堆字句挼頭剁尾，重再料理，成做鮮沢的五柳枝。第四，愛拜文抄帝君，保庇評審本身少寫詩少讀詩兼穤記持。第五，保庇著獎的作品無公

佈佇網路。第六，保庇無人提伊的詩四界比對。第七，下大願，若著大獎，愛拍金袚鍊予文抄帝君，分三成予詩王。」

少年仔一拜再拜三拜，歡頭喜面轉去矣。

一冬後少年仔來公園還願。彼年，浪溜嗹身軀規把青仔欉，四界請浪友啉燒酒，連伊四常坐彼欉樹王公都啉有份。

想袂到文抄帝君煞半暝來託夢，降旨，無伊的同意不准洩露天機，因為這是伊一大堆契囝特有的福利。

仝教無仝教

　　半晡仔,破鑼仔來矣,今仔日穿一領烏外套,siat-tsuh 的白領仔反出來。

　　浪溜嗹尻川頓徙一下,讓伊坐中央。

　　「中晝去予人請。」破鑼仔也無客氣坐佇詩王的位:「共恁講一件趣味的代誌。」

　　「仝車欲去食喜宴的,我佮司機,閣有一個神父、一个牧師。」

　　牧師毋知咧無閒啥,慢二十分鐘才到,開門怦怦喘坐入來。

　　「你遲到矣!」神父口氣冷冷,面無表情。

　　「毋是遲到,是晏到。」牧師心情無好,隨黜倒轉去。

　　神父無愛插伊,就斡過來佮我講話。

　　「復活節欲到矣,你敢知影耶穌復活的故事?」

「啥物是復活?閣活起來矣,閣活節啦!」牧師繼續黜。

「上古早,有一个亞巴郎,獻祭伊的獨生子。」

「應該講亞伯拉罕。」

「若望起頭咧掠魚的時陣,就予耶穌呼來做門徒。」

「毋是若望,愛叫約翰。」

「耶穌被掠的時,伯多祿連紲三擺無欲認伊。」

「彼得啦,唉唷,彼得啦!」

「保祿頭起先定定逼害耶穌的信徒,落尾予一道光拍著目睭,青暝矣!」

「保羅,保羅,逐句都毋著。」

神父予伊亂甲擋袂牢,越頭大聲講:「末日到矣,愛悔改啦!」

想袂到牧師比伊較大聲:「末日是啥?性命的尾流啦,你逐句都講毋著,才是需要悔改!」

看起來兩个全教閣敢若無全教,毋但是有聖人

抑是無聖人，會使攑香拜祖先抑袂使的爭論，連一堆名字佮台語詞也無全。

「好佳哉！」破鑼仔吐一口氣：「講著耶穌全款是耶穌，袂叫做耶子穌。十字架也原在是十字架，袂講是拍十字的柴架仔。」

佇公園樹仔跤遮爾仔久，不時講笑談練戇話，毋捌聽遮爾仔有知識的故事，逐家攏身軀坐騰騰，耳空 iá 利利斟酌聽。

詩王科目三

　　熟似破鑼仔了後,有一寡開破的言語,予浪溜嗹四常思考,浪罔浪,人生嘛愛有進展。伊首先去注目新流行。

　　浪溜嗹注意著中國傳過來的「科目三」,搖來搖去踅來踅去,閣放一條親像「楚留香」的歌,到底是啥物碗糕會遮爾轟動?伊就認真共研究看覓。

　　伊看三暝日,閣想著文抄帝君的聖示,雄雄靈感對心肝穎潰出來,流迵規身軀的血脈,紲落開始搖頭殼摔頭毛,比手勢踅跤盤,規身軀幌甲強欲斷去。

　　浪溜嗹起童(tâng)矣!公園的人攏喊起來。不而過,愈看愈心適,感覺誠有意思,就請教這是啥物舞步。

　　浪溜嗹回轉來詩王身份,佇大樹跤疊盤坐,開破眾生。

「這叫做詩王科目三。頭一科,伸手四界挽詩句,幹身擲落桶仔內。第二科,加糖加鹽加料扨扨涅涅咧。第三科,濫入喙瀾絞做果汁。」

「這三科,包含足濟幼路的動作姿勢,是 21 世紀正港的文學舞。」

浪溜嗹喙角層層波,比手劃刀講甲面仔紅記記,足濟人聽甲直直頷頭。

過無偌久,《詩王科目三》開始流行起來矣,佇蓮花湖邊、大樹跤,道路上。佇早起運動、佇路邊開講、佇便所漩尿的人,逐家攏咧跳詩王科目三。

閣紲落,規个市內攏流行起來,三個月後就名聲迵京城,四個月後傳湠去大陸,聲勢壓過強欲「舞統台灣」的海底撈科目三,足濟人講,這馬換詩王科目三反攻大陸矣!

生理人頭殼轉了誠緊,隨就發明《詩王》果汁,開《詩的魔手》連鎖飲料店,每一个店員攏愛練跳《詩王科目三》。

上可憐是浪溜嗹,跳舞跳甲肩胛閃著、跤頭趺

扭（láu）著、跤盤跋著，毋過《詩王科目三》無申請專利，無趁著半圓，只好閣轉來大樹跤疊盤坐。

穤詩清潔隊

　　浪溜嗹佮破鑼仔坐踮橋頭看水流。看起來破鑼仔誠厚話，浪溜嗹只是嗯，嗯，拄著仔應兩句。

　　「你看，秋風共焦葉一 mi 一 mi 掃落湖面，逐 mi 攏是詩，逐句變做水流詩。」

　　「你看，日頭雨一箭一箭，一絲一絲，滴落水面化做泱，逐字攏有情意。」

　　「你聽，牛樟頂的烏鶖咧叫酒，酒，啉酒。」

　　「你聽，鳥屎榕有一隻斑甲咧講舅，舅，阿舅啉落去。」

　　「你聽，彼欉倒一半的金龜樹，毋知佗位逃來的鸚哥，佇遐喝焦啦，予焦啦！」

　　破鑼仔的結論，大自然就是詩，毋免一日甲暗佇網路寫袂離，有時閣寫甲會相創治。

　　「毋過這馬網路的詩人數十萬，咱算是世界有名的詩人之島矣！較早咧唱卡啦 OK 的阿伯阿姆，

這馬也攏來寫詩,咱成做有水準的詩人之國矣,敢毋是大好事?」

破鑼仔捋喙鬚搖頭殼,叫浪溜嗹手機仔收起來,恬恬聽。

「詩非常濟,烏白鬥的窒甲規網街,想欲閃嘛閃無路。」

「一種是竹片仔拍回鼎油,油朒朒,擗擗叫!」

「一種是柴刀割草索,一節一節粗耙耙,頭搖尾也搖!」

「閣一種是水雞膨風刣無肉,規暝吼甲逐家睏袂去!」

浪溜嗹名聲詩王,聽甲面憂面結,毋知欲按怎應。不而過,浪罔浪出頭極蓋濟,伊隨想著一個好辦法,破鑼仔也感覺是誠讚的絕招。

隔轉工,浪溜嗹問來問去,揣著一個足厲害的電腦工程師,提供構想予伊發明,品講事後答謝一打麥仔酒就好。

一冬後新發明上市矣。這種軟體叫做《穤詩清

潔隊》，安裝了後，24 小時佇網路巡視，便看著足穤的詩就隨擲上糞埽車，集規堆送去焚化爐。這種爐極環保，燒了袂留骨烌，也無煙會燻去天庭污染玉皇上帝。

這種產品無偌久就大受歡迎，賣幾若百萬組。毋過一站仔爾爾，無全款的問題來矣！

因為有一寡寫拍油詩、草索仔詩、水雞詩的，是有錢有勢有頭有面的人，in 無底發表，就共詩刊佇暢銷雜誌封面，貼佇市內巴士車身、街頭巷尾的牆仔頂，刻佇 peh 山入口的大石頭，tshāi 佇公園的樹仔跤。連浪溜嗹所守的公園也 tshāi 足濟。

今（tann）害矣！這起代誌予破鑼仔佮浪溜嗹愈創愈大空，已經袂收山矣！

Yoga 呢 Yoga

用貓佇膨椅滾躘的姿勢
用毋成猴倒吊的姿勢
用鵤（tshio）雞鵤挌雞母的姿勢
大力雕（tiau）落去
雄雄倒彈就摒上天頂
雲遊四海，成做大詩人

阿空第五

神啊神啊・佛啊佛啊

神指（tsáinn）

　　心情無蓋好,浪溜嗹一路算電火柱,算來到埤湖邊。

　　想袂到這馬電火柱直直地下化,見算毋是路燈就是青紅燈。

　　「罷了！罷了！」浪溜嗹誓誓唸,行來坐佇湖邊石岸頂,兩肢跤湠盪盪幌。

　　一个婦人人（hū-jîn-lâng）揹一袋聖經沿路分,看著浪溜嗹目頭結結。

　　「賜你食賜你穿……」婦人人吞一下喙瀾閣繼續,「有啥物結頭拍袂開,有啥物代誌毋知欲按怎,伊攏會應答你。」

　　紲落提一本聖經送伊,講愛認真讀,所有的道理,全部的答案齊佇內底。

　　遮好用？婦人人離開了後,浪溜嗹共聖經反來反去,正相倒相,閣提懸炤日頭,哇哇哇,誠是金

光閃閃，有神的目睭佇雲頂眨眨 nih。

讚讚，這若來代替跋桮抽籤上蓋讚，毋免燒香拜拜毋免題緣金，這陣就聽好問。

浪溜嗹面對埤湖佮日頭，目睭瞌瞌，手畫十字，喙唸神啊神啊⋯⋯

伊雄雄拍開聖經，用指指（kí-tsáinn）隨意指一句，閣褫目看上帝的指示。

「吊 tāu 矣！」（馬太福音 27：5）

浪溜嗹毋相信，揉目睭了閣來一擺。

「你緊去，照按呢做。」（路加福音 10：37）

啥貨，我毋相信，伊閣再一擺。

「免驚，做你做。」（烈王紀上：17：13）

「腫頷！」浪溜嗹面仔青恂恂，徛起來，大力將聖經擲落埤湖。

想袂到雄雄蹁（phîn）一下，規身人煞跋落水底。

聖經拄牢佇一片蓮葉頂，浪溜嗹伸手去捎，指頭仔閣指著一句：

神指（tsáinn） 147

「起來啦！」（路加福音 8：54）

好佳哉水無足深，浪溜嗹沓沓仔 peh 起來，身軀澹漉漉，就走去便所換衫，閣共澹去彼領吊佇樹椏。

「上帝英明，吊衫無吊人。這聲我解運矣。」

浪溜嗹共聖經囥椅仔頂，一頁一頁略略仔翻，好禮仔曝，毋敢閣烏白指矣。

龜神

　　這站較冷氣，有當時閣會落雨，浪溜嗹就徙來歇佇溪邊居王廟。

　　有拜拜的信徒叫伊較閃的，眼神嶄然仔藐視。

　　「你會害，敢毋知我參居王爺有親情關係？論輩無論歲，伊愛叫我阿叔。」

　　「啥？胡言亂說，神明會參你這款人有親情，拍死都毋相信。」

　　「世俗人毋捌神界的代誌。」浪溜嗹改疊盤坐，手比蓮花指，「聽我從頭說來。」

　　「幾若百年前，我前世的前世的前世閣前世⋯⋯」

　　「沿這條烏居溪四箍圍仔，幾若千平方公里，攏是龜洞空，俗名龜莊，窮實是烏龜的王國。彼陣我是王子。」

　　「經過轉世，我的祖祖出世清國武狀元，對溪

邊到市內土地攏是伊的。」

「彼時陣，伊身騎白馬，手攑五百斤的石刀巡田園。伊就是居王爺。」

「恁這陣蹛的所在，攏是阮居家的，若傷假痟，我共祖祖講一聲，人掠厝拆雞仔鳥仔死甲無半隻。」

浪溜嗹那講面色那變，親像大海。雄雄喔一聲，海湧噴向天篷。居王爺的跤，恍恍對桌跤踅出來。

拜拜的翁仔某著生驚，欲出廟門煞相傱。

「龜神叔公赦罪，這是淡薄仔敬意。」in 一个跪一跤，捧一袋厚厚的紅包，孝敬浪溜嗹。

「罷了罷了，賜恁無罪。」浪溜嗹面頂的海水退去，彼對翁某要緊離開。

坐佇頂頭的居王爺看甲擋袂牢，哈哈大笑：

「分一半予我，若無毋放你干休。」

這是浪溜嗹身世的故事，講甲真拄真，毋知有影無。

風水師

　　浪溜嗹行過墓仔埔,影著有人咧看風水。

　　彼个老師穿白色道服留兩撇鬚,雙跤開一尺,兩手捀羅庚大頭拇直直掰。

　　一群家屬姿勢誠尊敬面腔足期待,老師老師直直叫,向望揣著龍穴致蔭囝孫萬地年。

　　風水看煞,家屬雙手奉獻一个厚厚厚的紅包,拍算幾若萬。

　　遮爾好!我嘛欲來試看覓。

　　浪溜嗹行動派,隨就去二手店買一个大羅庚,舊冊擔買一本風水冊。無疑悟,羅庚一輾一輾密喌喌,風水冊五行八卦讀甲頭殼楞楞踅。厭氣啦,反正騙食騙食,用跩 ê 較緊。

　　不而過,雖罔道服穿甲 tshio-kànn-kànn,喙脣牽一尾龍,凡在無人相信伊是風水師。浪溜嗹想空想縫,揣著禮儀社的小員工講條件,紅包三萬予頭

家五千家已五千,兩萬予伊做 khoo-mí-sióng(回扣,コミッション)。小員工衝(tshing)心,就拜託頭家掰一半場仔予做看覓。

這一工約透早九點,兄弟仔三个為著修墓請浪老師來看覓。大的佇米國做生理,二的開溪邊大旅舍,三的公務員。

浪溜嗹跤盤待誠在,羅庚捀佇胸坎下肚臍頂,弓甲足穩定,身軀幹來幹去,大拇公掰來掰去,無疑悟指針搖來搖去袂定著,想講哪遮歹轉食,要緊大力共抑予定。

「誠好誠好,這塊是湯匙穴,錢水餉(iúnn)袂離矣!」浪溜嗹一尾龍噴咧噴咧,講甲足正經。

公務員目頭結結無意見,佇米國的笑微微,開旅舍的煞誠有意見。

「哪有影,我的溪邊旅舍已經了錢幾若冬矣!」伊抑倚來老師邊仔:「這个羅庚敢會害去?」

浪溜嗹倒退一步險跋倒,要緊鎮靜落來,開始

順墓龍、墓龜、墓埕四界巡。

「唉呀,原來是按呢!」浪溜嗹行倚墓埕上頭前跍落來:「恁看,這个水空佇正中央,水流對崎跤去矣,流甲遐爾遠,攏流對海外去啦!愛改愛改!」

「袂使改!」米國轉來的大兄隨踏出來:「你無看頭前幾若門呢?改空,水攏流去人遐,會予人抗議啦!」

大兄錢濟聲頭大,二的毋敢參伊諍。浪溜嗹閣去巡墓頭。

「哎呀,墓龍歪斜去矣!」伊用羅庚測看覓:「差三度,愛改愛改!」

這回三个攏無意見,閣參邊仔的塗水師參詳了,修墓的代誌就按呢定案。

無偌久,大兄轉去米國矣。二的煞偷偷仔來共水空窒掉。

隔轉禮拜,修墓猶袂開工,雄雄大雨,連紲落

風水師 153

三工,水溝滿起來,溪水也沖沖滾,足恐佈。

溪邊旅舍地基掠足懸,建築四正柱跤粗勇,長年來閣較大的風雨嘛無顫悶著。

千想想袂到,今年的雨水煞走入厝內。毋是溪水淹起來,也毋是對厝頂窗仔門灌入來,而是位大理石的塗跤漬出來。

連紲漬三暝三日,溪邊旅舍內底變水池矣!一塊紅底金字的大木匾掛佇水池頂,面頂的字體大範閣有力:

「金銀財寶滿大廳」

紅雞胿

　　破鑼仔過晝仔來公園涼亭仔跤,想欲參浪溜嗹談性命的意義。伊認為浪先生雖罔浪蕩幌,本質袂穤,應該有改變的可能性。

　　無疑悟透早有人走來涼亭仔歕雞胿,直直歕直直歕,歕甲一粒非常大的雞胿窒佇涼亭仔口。紲落一大群人溢倚來,開跤展手比 Ya！Ya！撏手機仔翕無停,破鑼仔搖頭離開矣。

　　浪溜嗹看紅雞胿看甲神神,看甲變做一粒大紅卵,直直輾,輾落水底閣直直漂。浪溜嗹雄雄化做一隻鴨咪仔,對愛河,高雄港,順西海岸,對台南運河,逐甲安平港煞失去影跡。無疑悟,這陣來佇「念慈亭」現身。

　　落大雨彼一日,浪溜嗹起痟狂,開始踅公園唱這條「落大雨彼一暝」,一輾又一輾,一擺閣一擺,唱甲風雲變色,唱甲落紅雨,唱甲雞胿消風,

活動提早結束。

　　隔轉工浪溜嗹魕踮大樹跤，目尾垂垂，身軀軟荍荍。一个浪友倚去關心，俺娘喂，燒燙燙，敢會著著這馬當咧流行的天狗熱？

　　聽著天狗熱，浪溜嗹煞微微仔笑。若是按呢，就會當騎天狗去揣阿娘矣。

　　救護車來共載去驗血驗尿，講毋是天狗熱，連感冒都無。而且經過調查，公園的蠓身軀攏無幼幼的線條，叮著干焦會癢袂破病。

　　無偌久，浪溜嗹閣轉來魕佇大樹跤，軟荍荍無愛食物件，也無啥想欲喘氣。

　　無想辦法會死殗殗啦！一堆浪友十喙九貓，可是毋知欲按怎，就開始點香拜樹王公，一堆香插踮浪溜嗹跤尾，閣親像咧拜詩王公。

　　有人想著破鑼仔，伊是看起來較有出入內外，誠有知識的人，可惜這兩工攏無來，嘛無人知影蹛佇佗。

開破詩王

　　浪溜嗹三工無食飯,干焦敕一寡露水,無啥想欲喘氣嘛是有咧喘氣。

　　透早破鑼仔托柺仔來矣,原來是行路的時陣聽著樹頂有人咧叫「破鑼!注意!」,攑頭斟酌看,一隻幔領巾的烏鶖鶖咧叫。鶖鶖紲落閣叫「跋倒!」,破鑼仔就跋倒矣!

　　拍算有聽著風聲,破鑼仔有紮一寡治療的器具來。伊代先共浪溜嗹節脈,寸、關、尺三條烏白跳。

　　「頭殼亂操操,五臟六腑攏走精去矣!」破鑼仔提出炙針,一枝兩寸長,七七四十九支插甲規身軀。浪溜嗹褪甲賰一領內褲倒仆,親像插一身軀香獻祭樹王公。

　　回魂來!回魂來!一點鐘後,浪溜嗹三魂七魄轉來八條,閣一魂一魄無影跡。

「叫著我！叫著我……」浪溜嗹唱黃昏的故鄉，煞落唱媽媽請你也保重。原來是心病誠沈重，一魂一魄猶毋願轉來。

破鑼仔共灸針拔掉，參浪溜嗹疊盤坐相對相，開始講經。

「你看，金剛經攏總三十二章，其中有一段上重要毋過逐家無愛聽的。」

「佛祖講，你用恆河億萬沙，每一粒沙內底閣有億萬的恆河，遐爾濟的財物寄付供奉，猶不如信念我的四句經言。」

「心經有兩百六十字，足濟人唸冊歌仔，當做避邪的咒語，完全無了解內容，按呢欲按怎遠離顛倒妄想？」

破鑼仔舞一早起，共浪溜嗹的三魂七魄攏叫轉來，兼買素食便當予伊食，就閣托柺仔離開矣！

阿空師父

　　浪溜嗹三魂七魄倒轉來了後，規暝做眠夢。

　　伊夢著天頂有規千萬的鳥隻，大隻細隻，素色的五彩的，有排隊無排隊的，烏崁崁集來佇公園彼个古早防空壕頂頭，規萬種的叫聲混合成做美妙的仙樂。

　　一時防空壕金光閃閃，四周圍的菩提樹百萬mi葉仔攏攏長長伸直直，閣逐葉顫咧顫咧。

　　一觸久仔，寫佇葉面的詩詞開始一字一字飛出來，一句一句牽絲，一首一首揬對防空壕入去。

　　「防空法師！」雄雄天頂親像霆雷的喝聲叫醒浪溜嗹，紲落詳細指示詩王修佛悟道的方法。

　　浪溜嗹行來防空壕頭前，門已經自然開，七欉菩提樹佇日頭跤金光閃閃，一群猶毋願睏的夜鷹叫聲響亮：「歸依！歸依！」，兩隻山暗光（黑冠麻鷺）大細聲咻：「悟！悟！」

阿空師父　159

誠實佛祖的指示。浪溜嗹雄雄開悟矣！

隔轉工，浪溜嗹蹛入去防空壕。伊召集公園佮地下道眾浪友開會，轉達佛祖的指示：全力蒐集公園各角落的蜘蛛。

無偌久，三百六十隻蜘蛛飼佇防空壕內底。

因為食足好，一禮拜爾爾，規个防空壕內底的頂頂下下前前後後牽滿會發光的八卦絲線。遮蜘蛛誠有靈性，中央閬一个位予浪師父疊盤坐，頭前空一逝出入的小路。

「攏是詩！攏是詩！」，佛祖佇菩提樹跤悟道，詩王浪溜嗹佇防空壕蜘蛛穴修成正果，這个傳說無偌久湠出公園，溢滿規島嶼。

防空壕額頭正中有名書法家的信徒寫刻的三大字：「防空寺」。

防空寺內底有防空法師逐工疊盤坐，修道唸經。伊唸經毋免摃木魚，而是外面樹頂的四百隻花仔和尚（五色鳥）輪流「硞！硞！硞」。顧佇門口彼兩隻山暗光誠有法相，有時規點鐘無振動，有時行來行去，直直喝：「悟！悟！」

真正是全世界上特殊的佛寺。這個佛寺帶動海內外的信徒坐飛龍機，坐船，包遊覽車，挨挨陣陣欲來朝拜防空法師。防空法師說法簡單，四常四字爾爾。聽講予伊開破的人，瞬間開悟，改變了一生。

　　半冬內，觀光客增加一百倍，市政府歡喜甲擋袂牢，佇公園門口徛牌樓，頂頭寫：「開台第一・防空法寺」。牌樓柱跤邊彼塊新詩共和國的牌仔，已經小可褪色矣，毋過這馬閣加一塊新牌仔，提示來拜見防空法師的愛先佇電腦掛號，較袂等傷久愛閣蹛旅舍。

　　防空法師鼻龍刀刀喙鬚髴髴，頂脣輕咬下脣，法相莊嚴，不過嶄然仔隨和。伊隨在信徒稱呼，防空法師、阿空法師、空空法師攏無所謂。

　　防空法寺愈來愈有名，毋但入選內政部百大名勝，也成為攝影、寫生、藝文雜誌刊登的熱門地點。

　　誠濟信徒來問人生、問事業、問愛情，得著答案佮大師的加持，非常歡喜閣感恩，紅包足厚閣兼

阿空師父

跪一跤用雙手奉獻，非常尊敬。阿空法師四常叫 in 毋免厚禮，共紅包交予助理就好。

助理是睏佇公園水溝邊的涵空師父，目睭沙微講話輕輕仔，記數一筆一劃足清楚。

參拜阿空師父的愈來愈信矣，漸漸將伊當做活佛。聽講因為一工講道說法加持十六點鐘，尻川生痣瘡矣，毋過信徒堅持師父毋是普通人，所生的定著是會當賜人福運的「佛瘡」。

為著求「佛瘡」加持，有人重覆一再掛號排隊，等待師父若彼工蕃薯食傷濟，尻川若「佛！佛！」的時陣，機會來矣！

　　因為佛瘡的佛氣參入靜香的煙內底，信徒用雙手那撠那掰，就欶著大師的佛氣，毋管肉體抑是心內病攏得著療治。

　　所有遮的傳言敢攏真正的？毋管你相信無，傳的人絕對講甲真拄真明拄明，閣兼咒誓絕對無膭頷。

蜘蛛夢

　　阿空師父的名聲週京城兼淚出海外，防空寺也成做熱門的觀光景點，浪溜嗹無張無持化身大師父，家己想著也礙虐（gāi-gio̍h）。神跡啦，攏是神跡，這个阿空師父這馬毋但回答兼開破信徒問事，伊的法力也燒 Hu̍t-Hu̍t，暝日佇身軀絞絞滾。

　　伊這馬展開手盤就會當知過去，拗指頭仔就聽好算未來，親像神明予人信甲會食糕仔。不而過，偏偏就無法度算家己。愈想愈鬱卒，因為日思夜夢，透世人上向望的就是清楚過去，放眼未來。

　　這一暝，阿空法師佇防空寺內底的石枋倒趨趨，睏甲落眠閣漤出講經用無盡的喙瀾。伊做一个色、聲、香、味、觸、法滇滿滿的七彩夢，以電影劇情來講，誠精彩，也足悲哀。

　　頭起先，三百六十隻蜘蛛叫做伙開會，參詳欲編一本《防空蜘蛛經》做鎮寺寶鑑。阿空師父聽著

法心大喜，目瞤 niáu 一下，身軀馬上躘起來叠盤坐。

眾蜘蛛合齊共編輯的經文一句一句唸出來，洞內的回聲跫來跫去、拼來拼去，莊嚴兼恐怖，而且每唸一節，就失去一个蜘蛛網。經文內容是按呢：

身軀浮浮毋通坐，所有的椅仔攏回轉去樹骨佮樹椏，
經文一句一句倒頭唸，白雲一蕊一蕊倒反飛，
閣退，福安溪的水流佇路底，
閣退，運河橋頭有青年男女佇遐坐，
閣退，蘭城的大街小巷楞楞蹽，
閣退，經冊換頁翻過。
閃一下，打狗的湧花噴甲規四界，
閃一下，規碼頭的的魚蝦叠做伙，
閃一下，阿母佮阿公佇旗后砲台的草埔仔覕，
閃一下，阿媽佇厝前厝後直直罾（lé），
閃一下，阿爸吊佇林投樹頂幌咧幌咧

閃閃閃閃，閣閃一下，規群蜘蛛攏閃走矣，規個防空壕空 lo-lo，烏趒趒。精神矣！浪溜嗹大喝一聲，規身軀清汗虛累累（leh-leh）。

硞、硞、硞，防空壕外口的花仔和尚（五色鳥）未從天光就開始搢木魚矣！

空外空

　　天色沓沓光，一支日鬚利劍劍對防空法寺門口刺入來。

　　四百個花仔和尚已經硞點外鐘矣！阿空法師虛累累軟苶苶，勉強共伊的仙風道骨弓起來坐。

　　閣一觸久，伊行出寺門，担頭四界看，遐密喌喌的木魚聲無講無呾消失去矣。用手持喙鬚行入樹林，雄雄掔一趒！逐欉樹骨頂頭竟然全全空，逐个空攏圓輾輾，比月娘較圓。

　　攏是五色鳥的好空岫，攏是防空佛寺外的空，百千個空包圍一个磅空，這是啥物款的佛門聖地？

　　「磅空中的磅空，樹空中的樹空，一切攏空空！」阿空法師跙跙唸，一直重複這幾句。

　　這時陣，樹林中間有一群穿白衫的老歲仔拍太極拳，三十七式匀匀仔來，毋過拍到單鞭下式煞雄雄擋恬，全部攏像柴頭人袂振袂動，紲落漸漸反賠

反白霧，閣寬寬仔化掉，落尾賭一个托枴仔白頭毛的老人，直直托對念慈亭彼爿去。

「破鑼老師！」浪溜嗹頭毛幌一下逐進前，毋過破鑼仔小可越一下頭就閣做伊行，落尾「空！」一聲，消失佇蓮花池中。

「空！空！空⋯⋯」空佇樹林裡踅來踅去，踅過防空壕，竄對天頂起去。

牽詩補天

　　──毋是愛流浪

　　而是彼陣少年較懵懂

　　放火燒雲啊放火燒天

　　一空烏 lang-lang

　　──想著透中晝的故鄉

　　跋落茫茫渺渺的世界

　　烏烏暗暗無半人

　　只賰一撮阿娘的頭鬃

　　──轉去啦轉去啦浪溜嗹

　　放火燒天的浪溜嗹

　　要緊牽詩線補破空

　　天若完全雲若飄浮

　　你就會輕鬆

　　這一工下晡，防空法師雄雄掰開密䆀䆀的八卦蜘蛛陣，對防空寺行出來。

已經掛號排隊的一堆信眾要緊退去雙片。

法師額頭發光，閣閬閬的長衫飄東西撇南北。伊攏無看信眾，也毋插涵空師父一直叫，只是目睭半瞌，向南片直直行去，兩隻山暗光原在佇法寺洞口踅來踅去，大聲喝：「悟！悟！」

「毋是愛流浪，只是少年較懵懂……」防空法師，阿空法師，空空法師，攏毋是，伊已經回轉來浪溜嗹矣。

浪溜嗹那行那唱歌，行出公園，行向南方，行出南門城外。有七隻斑甲綴佇頭殼頂，是會吐絲的斑甲，這敢是古早冊有記載，傳說中的蜘蛛鳥？

浪溜嗹唱較緊，in 的絲就牽較緊，唱較長就牽較長。無偌久規天攏是絲，雄雄日光爍一下，齊化做文字。

「久久！久久！攏是詩！攏是詩！」蜘蛛鳥做伙喝聲，喝甲藍天變烏天，烏天罩白雲，終其尾茫煙散霧。

天閣清起來的時陣，詩王浪溜嗹佮七隻斑甲全部消失去矣！一切攏是夢幻泡影。

防空法師失蹤無底揣了後，管數（siàu）的涵空師佇伊的坐位看著一張委託書，聲明這兩冬來防空寺的收入欲用來照顧公園佮附近的浪友，以及出入公園的鳥仔，並且拜託市政府幫忙處理。伊簽下浪溜嗹佮本名。

涵空師共數簿佮銀行簿仔交予市政府，存款有六千六百萬。

閣過七冬，原在無人揣著浪溜嗹，伊的好友破鑼仔也一直無出現。市府文化局就共防空壕列入歷史建築，門口貼一塊銅牌：「歷史名人故居。」，邊仔閣徛一面大木牌，描述浪友 —— 詩王 —— 法師 —— 浪友演變的過程。真濟浪友會來木牌頭前禱告，流目屎。

原在是草仔青青

2024 年已經尾流
連鞭恬靜落來矣

你看,規山坪的草仔青
一穎含一滴觀音的露水
逐穎都滋微滋微

你看,滿天古錐的囡仔星
攏走來揲手拍招呼矣
身邊的月娘也攤開蠔罩
沙微沙微眨眨 nih

【煞戲順行】

siáng 是浪溜嗹

　　親愛的島嶼，有山有水有樹木花草有雲煙，像一幅婧氣的山水圖。

　　島嶼內底四界踅，有田庄有都市有揹僻有繁華，逐跡據在你去。

　　浪溜嗹是 siáng，欲佗位揣伊？你指天揳地東西南北斡來斡去，佇遮、佇迌、這个、彼个……，in 個個做伊行，攏毋插你。

　　有一齣電影《浪流連》，是角頭的浪流連，浪子的命運佮愛情故事。

　　有一條歌《浪流連》，是愛迌迌的少年人，為著愛情決心做好囝。

　　文字寫做浪流連，有海湧有水流也有貪戀，流連閣參榴槤仝音，敢參浪溜嗹有牽連？

　　你看天頂鳥隻自由飛，花間尾蝶仔 iap-iap

爍，樹椏膨鼠歡喜爬，流浪狗佇公園走相逐，攏是快樂的浪溜嗹。

為啥物若有人捨落俗事賴賴趖，行東西 hiù 南北，隨意開講無禁忌，就成做話意藐視的浪溜嗹？

佇公園踅來踅去，佇街路散來散去，佇百貨公司看來看去，佇溪邊海埔聽水聲，來來去去的你、你、你佮伊，攏是無全款的浪溜嗹。

浪溜嗹嘛會使有志氣、有才情，關心社會，討論國家的大代誌。

斟酌看，浪溜嗹，浪先生這个名字敢是誠藝術兼有文氣，想看覓，佗一个浪遊詩人綴會著伊？

有可能，咱嘛足想欲浪溜嗹，若感覺有理，噗仔聲催落去。

國家圖書館出版品預行編目（CIP）資料

詩王浪溜嗹：台語詼諧小說 / 王羅蜜多著 .-- 初版 .-- 新北市：斑馬線出版社, 2024.12
面； 公分

ISBN 978-626-98630-9-9（平裝）

863.57　　　　　　　　　　　　　　113018153

詩王浪溜嗹 si-ông lōng-liú-lian
台語詼諧小說

作　　者：王羅蜜多
總 編 輯：施榮華
封面插圖：馬尼尼為
內頁插圖：王羅蜜多
繪本插圖：九　方

發 行 人：張仰賢
社　　長：許　赫
副 社 長：龍　青
總　　監：王紅林
出 版 者：斑馬線文庫有限公司
法律顧問：林仟雯律師
出版補助：國｜藝｜會 NCAF

斑馬線文庫
通訊地址：234 新北市永和區民光街 20 巷 7 號 1 樓
連絡電話：0922542983

製版印刷：龍虎電腦排版股份有限公司
出版日期：2024 年 12 月
Ｉ Ｓ Ｂ Ｎ：978-626-98630-9-9
定　　價：380 元

版權所有，翻印必究
本書如有破損、缺頁、裝訂錯誤，請寄回更換。
本書封面採 FSC 認證用紙　本書印刷採環保油墨